覺醒世紀

*Nirvana*

*Season*

*3*

# 翼光下的魔法樹

金鈴 著

傳說，北極光是愛神之翼

相遇的人從此永不分離

# 自序

從地鐵車站走出來，我不由得感到慶幸——能夠從擁擠人潮散發出令人窒息的壓力之中逃出來。然後我站在行人路上，等待着交通燈號變換。我喜歡讀考古學、生物學、文學、哲學、心理學、歷史及流行文化等，雜亂無章，註定成不了宗師。然而，卻令我醉心神話。

真實社會，充斥現代困局；神話世界，藏着古老力量。為甚麼人類需要神話？因為神話，和我們今天的處境不無關聯：宗教、戰爭、愛情與死亡。這些神話的殘餘，就像考古現場的陶片，填滿了我們潛意識的信仰。英雄冒險並非重點，卻藉由克服黑暗，對自身內在非理性的操控。神話世界看似荒誕，卻賦予現代人在平庸生活中另一種觀照和超脫。

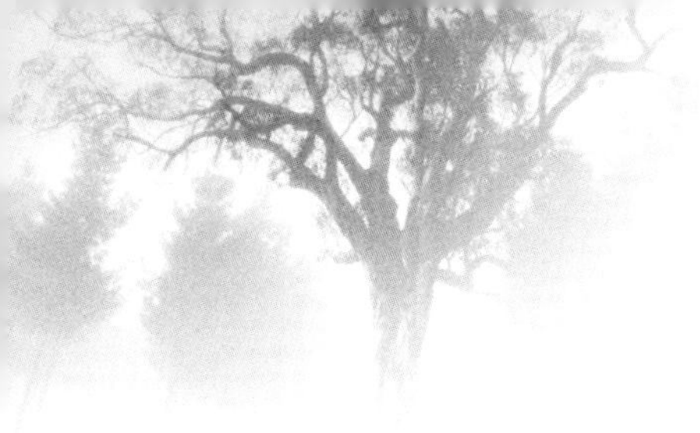

人生，是一場冒險。冒險過程，並非紀念英勇；而是一個自我發現的過程。覺醒世紀第三集，主角們從中土出發，遊歷了南方與西方，今次終於來到北方。山海經中的奇異瑰麗，與北歐神話的英雄主義，將一段塵封的回憶喚醒，在北方的海濱找尋我們熟悉的族群。

凡人與英雄的其中一種差別是：凡人只為自己而活，但英雄要解救社會。故事中，五百年前的「慧心神」創造一個正義、冷靜和充滿創造力的世界。英雄需要智慧與力量，每個人出生時都是個英雄。慧心神象徵國王，也象徵一種靈性，在社會紛擾之時，當我們正確連結國王能量，便會感受到堅定和冷靜，隨心而行。轉世後的慧心神，到底潛藏在誰的內心？

也許是你，也許是我，也許是他。

**金鈴**

# 目錄

# 背景世界

故事主要發生在一個虛幻的大陸上的五大王國：中土的壁土國，南方有燈火國，北方有溪水國，東方有柳木國，西方有箔金國。國界之外，是魔窟，沒有人知道這個地域的大小，更沒有人能穿越通行。五國被魔窟分隔，所以素不往來。

幾千年以來，魔族從未大規模侵犯神族領土，只會作惡人間。

大陸的原住民有神族、魔族和人類，與大自然和諧共處。最早的人類先民能鑄青銅器和騎術，各國皇城之內，是天神和山神住的地方，皇城外圍，是人類和猛獸共存。

波赫約拉
拉普蘭（溪水國）
布拉佛斯港口
往西方箔金國
往南方燈火國
往中部壁土國及甘棗山

# 人物介紹

① **蜜涅瓦**

族群：人類

特別技能：說鳥語

蜜涅瓦是神所選擇的僕人，在七歲之年，被送到甘棗山，受以七種樹脂油祝福，命名蜜涅瓦。她侍奉的，叫蓋亞女神。

② **火火**

族群：未知

特別技能：說鳥語

火火四歲喪母，被蓋亞女神收養，是甘棗山裏最年輕，也最出色的神農，和其他人一樣，他喜歡找一些新奇的植物，也會種植百花。

③ **蓋亞**

族群：神族

特別技能：補天煉石

蓋亞為了補天，煉了三萬六千五百零一塊石頭，用了三萬六千五百塊，剩下了一塊未用，如今仍然在冶煉，是最重要的神石。

④ **少典**

族群：神族

特別技能：廣泛

少典是壁土國的國君，與生俱來，就是高人一等，世襲財富和神力，掌握人世間的命脈。他的皇后因附寶的出現，而帶着幼子離宮。現在玉城堡裏只有附寶皇妃和一位太子。

⑤ **附寶**

族群：人類

特別技能：呼喚雷電

玉城堡裏唯一的女主人，少典的皇妃，一直想盡方法，令自己的皇子，成為皇位繼承人。包括鞏固自己在玉城池的力量，悄悄籠絡其他大臣。

### ⑥ 太子

族群：神族

特別技能：未有

太子是壁土國的繼承人，在他的分類中，沒有朋友。當他找到自己熱愛的人事物時，一定全身投入，不給自己退讓的餘地。愛這麼強烈，由愛轉恨轉冷酷的能量，也非常強烈。有寧可負天下人，也不願天下人負我的特質。

### ⑦ 大祭司

族群：魔族

特別技能：廣泛

魔族的首領，在魔窟一帶出沒，能將許多可憐人類或野獸的靈魂勾出，還將他們束縛在一種屍體的傀儡上，再操縱成為亡靈大軍，守護魔窟。

⑧ **佛諾**

族群：獸族

特別技能：讀心術

溫文儒雅的馬腹，喜歡研究大自然的各種事物，擁有出色戰技。

⑨ **雷武**

族群：獸族

特別技能：征戰

馬腹族群中最出色的戰士，擁有高超戰技，性格衝動莽撞，但臣服於奇龍。

⑩ **奧丁**

族群：人類，後被奉為北方主神

特別技能：投擲長槍
獨眼的奧丁，手持永恆之槍，肩上分別站着代表「思維」和「記憶」的烏鴉。當奧丁將永恆之槍擲出時，會發出劃越空際的亮光，對着這一把槍發誓的人，他的誓言必將實現。

⑪
**婁希**
族群：女巫
特別技能：廣泛
婁希是波赫約拉的女統治者，亦是一個具有強權的邪惡的女巫。

⑫
**伊爾瑪利寧**
族群：人類
特別技能：冶鐵
北方最偉大的鐵匠，為了使婁希把她的女兒嫁給他，按照婁希的要求為她鑄造了三寶磨。

# 第一章 女登

冰冷和恐懼佔據了她所有知覺，她知道自己在發抖，心跳加快，在冰川湖水裏，除了混沌，甚麼都看不見；同時，也害怕會看到些甚麼。此刻感覺，只有寂寞，比死更冷漠……

風捲寒雲，冰肌如雪的她，閉着眼一動不動躺在黑色的巨石上，白髮散開，如瀑布瀉地。她身上只有單薄的湖水藍長裙，裙襬沾上的都是髒兮兮的火山灰，與她亮麗的臉龐，毫不相襯。

冰原上忽來一聲鳥嘯，劃破長空。女人驀地張開眼，驚惶地站起來。四野無人，飄飄千里雪，不知怎地，她卻不覺得寒冷。她踏在雪地，多是硬硬的大冰塊，分不清腳下是平地還是石頭，只見周遭都是尖削的石柱。她緩緩前行，腳上的皮一不小心就被割破了。她俯視這一道紅痕，沒有血如泉湧，更不覺得痛。是太冷了嗎？冷得令人沒有感覺？

在冰原上漫無目的地走路，走起來非常吃力。加上颳起大風，才走了一會，開始喘到快不能呼吸，大口吸入的都是刺入心肺的冷空氣。她腦中一直在想：要走到甚麼時候？在萬念俱灰的這一刻，她看見遠處的山洞口有一抹藍色，在雪地陽光中閃耀。她的步伐，不自覺被吸引了過去。石壁上有一段文字：

連天深海，人生皚皚，難分道路，不認池台。

這是甚麼意思？

她攀上小石坡，剛才看見的藍光，愈來愈近。終於走到洞口，她被眼前的湛藍清澈、氣勢恢弘的巨型冰洞懾住。

晶瑩剔透的湛藍色冰洞、霧氣騰騰的流水、層疊相接的冰層，令人恍若置身一個奇幻陸上「海底世界」，她很想一探究竟。她走進冰洞，走進彷彿沒有盡頭的藍色冰甬道。圍繞自己是水晶般的冰壁所形成了神秘的夢境，波光粼粼下的神秘世界。

她置身在冰川的巨大冰洞內，眼見湛藍通透的冰塊看似靜止，但同時感受着層層冰浪，像有生命力般緩緩移動。在湛藍色的一個個狀如氣泡的冰塊，隱約看見如幻影中的女人。一個個女人都藏在冰裏，在微笑，在眨眼，在說話……她再定睛，嚇了一跳！不是別人，都是自己！只是，打扮和衣着不同而已。在其中一個氣泡中，看見火火遙望那個在火山上空消失的自己……

她腦海中的最後一段記憶，是為了救火火脫離險地，傾盡自己的力量，化成一股極度嚴寒之氣，把火山徹底封印。身體周圍有一股旋風，化成了無數晶瑩剔透雪花。這些雪花如精靈一般，在她身旁翩翩起舞，把她帶走。冰鋪湖水銀為浪，她看見火火驚呆得連眼淚都沒有的面容，心也碎了。

她感覺自己比以前虛弱，自從她傾盡神力炸裂一道天隙，用冰霜封印西方的火山，她便只剩下如此微弱力量。她感覺指尖變得遲鈍，腦海中半夢半醒的幻影愈來愈頻繁。她彷彿記起了一點點：我的人生經歷了幾百年幾千年。

這時，在冰洞內的暗河邊緣，一縷縷白色霧氣開始聚攏，融合成一個嬌小女性身形。她身穿銀色衣裳，一頭金髮憑空飄揚，彷彿身在水底下；亦因而顯露出她略微尖細的耳朵，眉心有一朵鳶尾花印記。她的一邊肩膀，掛着一條彩帶，內有哭啼的嬰兒，腳上有蹄，頭上有隻小小的山羊角，胖嘟嘟的臉緊貼着她的鎖骨。

女登知道，北方的山中，有一種野獸，形狀是羊身人面，有着老虎一樣的牙齒和人一樣的指甲，發出的聲音如同嬰兒哭啼，名稱是狍鴞。她舉起一根手指，放在嘴唇上，示意女登不要驚嚇嬰兒。她一臉倦容，藍色眼睛因為缺乏睡眠而充滿血絲，朝女登露出微笑：「這傢伙倘若發脾氣，便會食人。」

「我們見過？」女登覺得她很面熟。「我叫雲精靈。」她指向湛藍色的一個個狀如氣泡的影像，氣泡頃刻幻化。女登看向其中一個，裏面有雲精靈，也有年輕時的自己。

剛誕下兒子的女登，把他交給乳娘。乳娘是一個沉默的婦人，眉心有個雲形紅印。人人都讚她心地善良，她特別喜歡孩子，不論是自己的還是人家的。她對孩子照顧得無微不至，眼睛卻總是充滿血絲。女登問她是否睡不安寧；她提到自己總是會被相同的夢境驚醒。夢境裏，她是一個狐妖，周而復始地吸食男人的精氣。為了復仇而不斷殺人的她，卻一點都不快樂，殺的人愈多，反而愈難過。她不知道這一切，甚麼時候會結束。女登當時不以為意：「你傷不了火火，他是神族之子。」

女登記起了：「是乳娘？」

雲精靈微笑，指向另一個湛藍色氣泡。影像中出現，一片茂密的樹林，一襲紅衣的漂亮狐妖，正在追殺年輕書生。狐毛遮住了她嬌美的臉龐，眉心一朵鳶尾花印記，襯得一雙眼睛妖艷迷離。她用細長的手指，扼住對方喉嚨，一點點吸食他生命的精氣，直到對方變成一具乾屍，才冷冷轉身離去。從她熟練的手法，顯然，以這種方式慘死在她手上的男子，已經不止一個。

雲精靈再指向另一個湛藍色氣泡。她是森林中一隻小白狐，每天自由自在玩耍。一天，她走遠了，有點累，迷迷糊糊倚在樹下，被年輕的獵人捕獲。她害怕極了，害怕自己會被殺死。也許是上天聽到她的祈求，年輕獵人是一位孤兒，太孤單了，看着這隻小狐動了惻隱之心，把她帶回家裏養着。小白狐慶幸逃過了一劫，每天安靜地守在家中，等着他打獵歸來。就這樣，他們互相陪伴了幾年。直到一天，年輕獵人在市集上遇見了一位少女，對她念念不忘，一心想娶她為妻。可是，他太窮了，拿不出聘禮。同夥打獵的朋友們慫恿他，只要把小狐狸的皮剝下來，就可以賣得好價錢。起初，他不忍心；但當聽說少女的父母正四出選婿，他着急了，再也顧不得情份，毫不猶豫地活剝了小白狐，賣了很好的價錢。有這筆錢做聘禮，年輕的獵人如願娶妻。

「他念我，終於也只能在回憶中，恍若是不經意的水滴一顆，我還是那個起舞的精靈，蔚藍天空下，擁抱陽光熱烈的赤誠，我的靈魂都在飛旋，騰升。」雲精靈淡淡地說。

看到這裏，女登的眼淚串滑過面龐。她替雲精靈感到悲傷。

雲精靈又指向另一個湛藍色氣泡。在一個皇宮，有一位寵姬長得貌美如花，眉心有一朵鳶尾花。她嬌憨又率真，得到盛寵。但私底下，她是表裏不一，算盡機心，常欺負其他姬妾，令她們忍氣吞聲。甚至，有人被她羞辱後悲憤跳河丟了性命。可是，有一天她意外地失足掉進了湖裏。下葬時，一直寵愛着她的男人，看都沒看她一眼。

女登忽然有點明白過來：「這地方，能回溯前世？」

雲精靈聳動一下肩膀：「我不知道。我只知道，我的任務，是在此等你。五百年過去，你終於來到。」

女登歪着頭：「你為甚麼要等我？」

「因為，上天要你，成就一個人的偉業。所以，先令它沉睡五百年，再由你喚醒它，守護它。」

「它是甚麼？」

雲精靈笑一笑：「你很快會知道。」

# 第二章 火火

極夜來臨，太陽不再升起，但大地並不是完全進入黑暗。取而代之，是火狐起舞，在星河泛起漣漪。伴隨皓月，映照在白雪，照亮堅定的探險者腳印。

也許，火火是這世上極少數對莊嚴的山脈擁有深刻理解，並尊敬自然的年輕神族。他成長於深山，曾與一群忠實的神農族民，生活在一個以季節變化為節奏的地方。然而，如今境地，卻是他前所未見。

暴雪層雲追壓着月亮，月光瞬間被完全覆蓋，伸手不見五指。轉眼間，前後不知哪個方向撲湧來的雪塵，兇猛如野獸，彷彿要把火火和同伴吞沒，一起消滅。應變不及的火火，並無任何求生裝備，如同迷途的孩子，疑惑自己到底是困在黑色海洋，還是正在穿越無底黑洞。他覺得，自己下一秒隨時會冷死或失蹤。此刻，開始反問自己：真的是因為那顆該死的石頭飛往雪國，他非要找回這奇龍彩石以繼承奇龍永生不死的力量？他真的有必要扮演一個勇敢的冒險者角色？倒不如，承認懦弱，做回自己？

然而，即使內心掙扎，他的腳步仍然一直往北方前進。雖然只看見奇龍彩石飛來了北方，茫無頭緒；但相比起彩石，他更想找到「世界之樹」。這是因為，佛諾說過：神族和人類死後，都會來世界之樹，他的母親也是一樣，會在這地方。

他太想念自己的母親。根據母親所說：「他出身於神族，和其他貴族一樣，住在玉城池。但他的父親在他未滿週歲時便死掉，母親帶着自己離開皇城，在甘棗山下隱居，本來生活不愁。可是有一天，來了一班士兵，把母親捉走了，還放火燒毀家園。她後來脫險，回到只剩下燒成黑炭空框的房子，又在房子中央發現他的寶石手繩，便斷定已經往生。由於過於悲痛，她把自己困在山崖上，不打算再回到人間。」但命運安排兩人重逢，縱使他母親不知道是誰想把他們殺死，但她說過：「如今，你已沒可能避開他們。你必須令自己強大，才可以保護自己。」

這裏是一大片連綿不斷的山脈，並不是只有孤零零的一個山峰。「這麼大的山脈，要到甚麼地方去找世界之樹啊？」火火向身旁的佛諾說道。

「這麼有名的東西，應該會有傳説吧，不如我們下去打聽一下。」佛諾指向山下的小城鎮，城鎮的房子被一片白雪覆蓋，看上去份外亮麗。他們朝着城鎮裏面走去，找了一個旅店，服務生是一個少女，年齡還小，或許只有十二歲吧。少女盯着佛諾，驚訝地看着他擁有的奇特身軀：上半身是人類，下半身則是駿馬。一看而知，他是勇猛善戰的暴烈戰士。

她在想：莫非，他就是傳聞中的馬腹？據説，馬腹可以快速的追擊敵人，也都擁有百步穿楊的神技。而且，由於他們和大自然之間的緊密聯繫，多半受到森林之神庇護。這時，一位青年從屋內走出來，一看佛諾，便敏捷地後退兩步：「男孩，你不怕沒命，竟敢跟他在一起？馬腹擁有極

為強烈的種族優越感，認為人類只是身體殘缺的怪物，所以，會肆無忌憚攻擊人類。」

「他不會傷人。」火火放下手中原本緊握的弓箭。「而且，他還是教曉我射箭的師父。」兩兄妹互相對望。佛諾不作解釋，指指肚皮，點了菜。青年一邊爐上煮食，一邊看着妹妹和他們二人交談。火火知道了這男生名為奧丁，是這家旅店的老闆，兩兄妹相依為命。

「你知道世界之樹嗎？」交談中的佛諾，忽然不經意的詢問了起來。

妹妹馬上回答：「當然知道，世界之樹藏在傳說中的城堡，是我們祖先的驕傲。」城堡？火火和佛諾相視一眼，似乎這東西和自己想的有些不一樣呢。原本火火還以為樹就是一株樹，正煩惱如何在偌大的黑森林中找到它。如果是城堡的話，那就好找得多了。

妹妹似乎非常有興趣的說道：「傳說世界之樹是雪皇居住的地方，雪皇也是我們的祖先，是第一個管治冰原的王者。他將自己的城堡建立在水晶冰原的中央高山上，彰顯自己的權威，也就是在波赫約拉。」妹妹指着遠處山脈的一個方向：「只可惜後來雪皇死後，這地方就徹底荒廢。」

火火點頭：「一個城堡建立在山脈中間，還是雪山頂端，路不好走，說不好是進不了來，出不了去，要是不荒廢才怪了。」

奧丁在廚灶那邊，聽了似乎有些不高興：「這裏可是大陸最北，只有雪皇那麼偉大的人，才能夠將城堡建在波赫約拉的高峰，這是一種榮耀！」

佛諾忙說：「好了好了，我們沒有侮辱雪皇的意思，只是這株世界之樹到底在甚麼地方？」

火火微笑地向妹妹賠不是，妹妹疑惑地皺着眉頭：「我們也不知道，只是聽說就在山脈中央，最高的山峰上。這是傳說中的東西，誰會了解得那麼清楚？」沒錯，他們也都是道聽途說，或者是家人以故事的形式講給他們聽的。到底有沒有人真正見過世界之樹，根本不得而知。

「你們還是趕快回去吧。多年以來，無數人尋找世界之樹都沒有找到。很多人上了山以後，就再也沒有出來了。」奧丁雖然不太喜歡這兩位萍水相逢的陌生人，但過門亦是客，他還是說出了自己的擔心。

他們在旅館過夜，半夜時分，忽聞巨響，似是有野獸之類在咆哮。火火和佛諾猛然醒來，火火警覺地一手執起弓箭，佛諾看在眼裏，內心升起一陣喜悅：經歷了這許多，火火終於成長了，他再不是那個懵懵懂懂，只顧在山林採藥務農的小夥子。

這時，木窗縫間忽然有巨大黑影，是一隻黑熊正在用無比的力量把不堪一擊的木窗搗碎。奧丁衝進了房間，他剛好站在和巨熊相距只有不到半臂的位置。奧丁嚇一跳，距離太近，來不及拔出隨身的刀槍，正當巨熊張爪向他揮下之際，嗖嗖——，兩箭齊中心臟，巨熊應聲倒地。面色發青的奧丁，看着發箭的，正是佛諾和火火。

佛諾微笑地看向火火——要在冬天的雪地裏馳騁、跨越洶湧的河水、遭受大灰熊與狼群的攻擊，將會是火火要面對的一部份。在這個有時大風雪蓋過說話聲的冰雪世界，令他培養出果敢的決斷力，是面對這個大自然的壯麗、遼闊、原始的禮讚。

「謝謝。」奧丁看向兩人。「這地方有熊？」火火驚呆地問。奧丁點點頭：「有。是我們這些冬季獵人崇拜的動物。」

冬季獵人，指的是在北方地區狩獵的集團之稱。獵人們大多山地之間活動，狩獵黑熊、貂、狐狸、山貓。雖然他們獵取的動物不盡相同，但是卻有一個共通點，就是對熊有着崇拜的信仰。在夏天，他們過着短暫農耕生活，但到了冬季以及早春，他們會開始組成獵人集團，花上數個星期，在森林裏狩獵。除了長矛，他們還會用各色打獵的用具，包括陷阱以及小斧頭。獵捕為他們提供生活所需：狩獵之後，他們會前往附近鄉鎮或波赫約拉販賣毛皮，並添購一些生活所需：需要更換的陷阱、麵粉、衣服、以及青銅或鐵器……。

「我們唯一不需要的，是肉食和衣服。」奧丁身上的皮革，是妹妹用古老的方法為他鞣製，從動物的腦中抽取鞣酸，之後再以煙薰毛皮。他和自己養的狗，吃獵捕來的動物或魚，他的雪橇、小屋、木筏，全都是自己用森林砍伐來的木頭，自行製作而成。

奧丁和他的冬季獵人集團已經設陷阱誘捕動物許多年，他眼裏充滿疑惑：「但，牠們從不進村鎮，更不會貿然攻擊民房……這事情，有點古怪。」火火和佛諾交換了眼神，各自陷入沉思之中。

# 第三章 蜜涅瓦

與太子分別後，蜜涅瓦開始想念她的貓頭鷹，自從牠回去了甘棗山，就一直沒有音訊。已經過了很久，牠是迷路了？

然而，她很快便推翻這個猜測。貓頭鷹一向認路極佳，尤其她馴養的這隻，從小到大，聰敏機靈。別說迷路，就連未到過的地方，牠都能感知路向，儼如貓頭鷹族群中的神鳥。

不祥的預感，如薄霧一般籠罩着她。她決定，要馬上回甘棗山一趟。

離開了縣城，她喚叫帶她來這裏的鳳凰。「回甘棗山去。」她騎上了牠的背，在牠耳邊低聲說。鳳凰一聽，眼中有點猶豫。她用纖巧的指尖，撫擦牠豐厚亮澤的翼毛。鳳凰從尖細的嘴巴中，吐出了鋭利響亮的叫聲。

蜜涅瓦從小就由蓋亞婆婆教曉鳥語，她聽懂她的難處。

她們前一次從南方燈火國回中土，因為樹林茂密，水源充沛，鳳凰載着蜜涅瓦，花再多體力，亦不愁沒有補給。後來，她們來西域，為了要避開越過箔金國外圍的魔窟瘴氣，和西方邊緣的沙漠熱風，牠飛上了從未攀升過的較高半空，大大損耗了身體。如今元氣尚未恢復，只怕此刻回程，會體力透支。

蜜涅瓦一聽，急得淚眼盈盈看向牠：「是我令你累壞了……如何才能復元？」她雖然心繫貓頭鷹的安危，想早點回家；但同時亦為鳳凰的身體擔心。鳳凰看見她滿臉歉疚，用鬚上的彩色羽絨毛，擦擦蜜涅瓦的臉頰：「別擔心，我和你一樣，正值年輕力壯，這裏的火山，有萬年能量，是我補充神力的好地方。我在這裏休養一段時間，自會生龍活虎般來找你。」

蜜涅瓦破涕為笑：「我從小和雀鳥打交道，倒未聽過，有鳥兒將自己比作飛龍和老虎。」鳳凰傲色：「我是百鳥之王，自然不同。」

她在城外，找了很久都沒有人告訴她回中土的路。

「如果無法坐上日行千里的鳳凰，應該用甚麼方式回去甘棗山？」蜜涅瓦一邊走向市集一邊在想。這海島國，最多產的是魚類。滿載而歸的船隻泊岸，看着漁夫跳下船，赤着膊也赤着腳，拖着大網，直接從沙灘一直跑來攤檔。他蹲下來，忙不迭埋首把一尾尾活跳的大魚從網中翻出來。他額上有豆大水珠，分不清是海浪還是汗，一顆顆滴在腳底的沙。他捧着大魚交給來買魚的村民時，眼尾的皺紋在笑逐顏開的臉上綻放。

蜜涅瓦出生在南方，在被送到中原之前，曾經住在看得見海洋的地方。她看着這些異鄉人在做着似曾相識的事，不禁感到有點熟悉。同樣的生活，不同的國土，天南地北的兩處，居然有着相似的生活模式。就像，在百年之前，是同一個國家。

在慵慵陽光和夾雜鹽味的空氣中，腦筋變得有點混沌。這時，剛才賣魚的那位中年人走近她。他斬釘截鐵地說：「你從剛才就一直盯着我。」

蜜涅瓦回過神來：「噢⋯⋯我只是在發愣。我很想回家。」

這位漁民，這幾天一直有注意她。海岸多是本地男性漁民，少有女生。他見她獨個兒在這裏鑽了好幾天，聽她如此一說，終於忍不住開口問她想去甚麼地方。當他知道她要到壁土國，便帶她來到船塢。遠處的海平線上，一輪太陽將要落下，西天晚霞揮動着絢麗的紗巾，雲彩和海面都被鍍上了一層金黃。

這裏，停泊着一艘很大的多槳船，其新月形的船體，差不多有整個船塢的長度。而且，建造類型是蜜涅瓦前所未見，它擁有由榫頭組裝的厚木板，在船體內形成了船腹內的「肋骨」線。

海邊的日落不同於湖邊，眼前的水面一覽無遺。晚風吹起，帶着些許涼意，太陽的落下，也就喻示着黑夜的降臨。從海面上吹過來的涼風，迅速帶走白天積存的熱量。蜜涅瓦感覺，一股突如其來的寒意。

「比爾船長！」漁民帶她到船塢外的木房子。漁民推開門，蜜涅瓦在暗影中看見一個翻側的陶製酒瓶，一位臉上有刀疤的男人，回過頭來，看向他們。當他站起來的時候，蜜涅瓦發現，他只有一條腿。

「船長，你們最近會出海嗎？」漁民問。

「會，今晚就走。」比爾打量一下蜜涅瓦，說：「只是，我們這艘船是渡遠洋的大商船，這位小妹妹應該未必能付船費。我船上，又不需要女工煮飯，你們回家吧！」

他正想關門。「船長，且慢！」蜜涅瓦揚手。幸好，太子送她出城前，給了她一些金幣。

她把金澄澄的金幣交給對方。比爾眼前一亮，貪婪地堆起笑容：「原來是壁土國的神族，好的好的，我帶你上船。」

蜜涅瓦這才知道，這些金幣原來只有神族使用，難怪她自小在甘棗山上的神龍戶的平民之間，從未見過。

她身後的漁民，好奇地盯着她手中的金幣。她向他說：「謝謝你帶我來。」然後，她把一枚金幣給了他。豈料，漁民卻耍手退了幾步。她忙說：「請問，你可有乾糧和水？我想隨身帶一點。」然後，把金幣塞到他手裏。她的原意，只是為了圖個名目道謝。但，她萬料不到，這將會在不久之後，救了自己一命。

漁民送她上船，蜜涅瓦一個人坐在甲板上，看向慘白的月光。她嗅到帶着鹽味的海水，聽着拍打在船身上的浪花。

自小離開父母，被派遣到蓋亞女神身邊侍奉的蜜涅瓦，努力微笑堅強，卻把寂寞築成一道圍牆。從未有夢想，未想像遠方，如今飄洋，只要出發，不要目的。

她，敵不過夜裏最溫柔的月光。她，想起一個人。眾人所見的太子，孤傲的臉，就像月光一般冷漠。然而，在她面前，他卻有一種捉摸不定的悲傷。如果不夠悲傷，是否就無法飛翔？她和他都在流浪，穿越荒漠，見過海洋。作為神族太子，她一個平民，如何相配？

她在船上漫不經心讓思緒放飛，卻沒想到，這一艘船，根本不是駛往壁土國。

她搭上了的船，是前往波赫約拉的布拉佛斯港口。

撐着一條腿的比爾在船頭放出一隻蝙蝠，牠身上帶着一個信息，飛向遙遠的魔窟。他以為，自己抓住了神族的公主。

當大祭司這位魔族首領收到信函，他會欣慰當年沒有把比爾的另一條腿打斷，留下他的命，換來一生追隨大祭司。

操縱亡靈大軍的魔窟主人，一直不甘心局限在魔窟一帶出沒。如果能將神族控制，把更多可憐的人類靈魂勾出，將他們束縛在屍體的傀儡上，軍力壯大，他就可以吞噬天下，盡成魔窟。

一條腿的比爾，到時將會成為立國功臣，大祭司一定會把另一條腿還給他。

# 第四章

# 附寶

玉城池是壁土國君主少典的皇宮，還是神族的居所。它的形狀就像一個堆滿高塔的粗糙矩形，築在兩座峻嶺之間，主要分為四個庭院及後宮，主軸由南至北。第一庭院是最容易到達的，最深處的庭院及後宮最難以接近。這些庭院都受到高牆及閘門阻隔，庭院與庭院之間尚有多個中小型庭院。玉城池西面及北面是御花園，有一些小行宮及亭樓。

身着灰褐色長袍的女侍，走上雲石樓梯，在巨大的橡木門前，她停住腳步。輕力在大門上敲了三下，大門被一位女掌事打開，窗邊有一位女人，以飛快指法，撥動古琴的弦，譜出激昂樂曲，與窗外隆隆作響的雷聲共奏。

女掌事趕女侍離開：「皇后在呼喚雷電，別騷擾她的心情。」

附寶的表情總是如此嚴肅，每次見她，都會令人心頭一凜。兩旁侍女的臉就好像閃耀燭光中蒼白的小燈籠，謹言慎行地侍奉這位艷麗無比，獨佔少典君王的女人。窗外轟轟烈烈，附寶的弦聲更加強而有力，如今她內心非常憤怒。她想起自己如何廢黜前皇后，這位曾經是少典最愛的女人。當初知道她未死，內心誠惶誠恐；如今，得知她的死訊，居然又感到永遠無法超越對方了。

此生想盡方法，鞏固自己在玉城池的力量，悄悄籠絡其他大臣，好讓成功令自己的皇子做皇位繼承人。她，有甚麼做錯？沒有，一點也沒有。所有的人，都應該愛她一個人；包括皇帝，也包括太子。

明明一切盡在掌握，偏偏多了一個令太子心動的女人。這女生來歷不明，而且能力非凡，若稍一鬆懈，她會否成為當年的自己，把持後宮？想到這裏，她的指尖一抖，弦線斷了。

她生氣地把古琴摔在地上，一把聲音從她的身後響起：「是誰惹我們的皇后生氣？」附寶的心，深深沉了下去。

一陣烏黑的輕煙在房間內凌空盤旋，附寶揚揚手，女侍馬上迴避。一隻知更鳥閃爍言辭：「偉大的大祭師賜你轟天雷的神力，並非用來洩忿。」

附寶不期然挽起長髻髮，摸一摸後頸，用手指描畫這個陪着她接近二十年的印記，一個被知更鳥灼燙的魔族紋章。為了脫離低劣的人類族群，得到更強力量，她成為了魔族夥伴。

「你已經向魔族借了力量，大祭師已經成為你最強大的後盾。說出來聽聽，有甚麼可以幫你？」

附寶不假思索，吐出一口灼熱的氣息，說：「我要蜜涅瓦永遠消失。」知更鳥哈哈大笑：「你這個眼神，和二十年前一樣。」

「二十年前，你們怎沒有殺死那個女人？」附寶悶哼了一聲。知更鳥抬一下嘴喙：「如今，那女人不是死了嗎？我來這裏，正是要告訴你，蜜涅瓦在海上，你想我們如何處置她？」

附寶聽了，掀動起嘴角：「送她到太子永遠看不見的地方。」

知更鳥冷笑：「不如為魔族做一趟順水人情？我們帶她去波赫約拉送給婁希活祭！」

「波赫約拉的婁希？」附寶聽過少典提及這位波赫約拉的女統治者。婁希，一個具有強權的邪惡女巫。作為北方的領導人，她的力量非常強大，偷走了太陽和月亮，並將其鎖死。這，令北國氣候比任何一個地方更寒冷，太陽被「破壞」而無法給地表提供能量。儘管如此，人類仍然存活，他們接受女巫統治，總共有一百個聚落，每個聚落維持在一百人左右。

「大祭師說過，婁希的宮殿，在極北的盡頭，活祭女人，尤其是擁有非凡能力的人類，可以令婁希巫術大增。」知更鳥吃吃地怪笑。

這時，一種異樣的感應，令知更鳥收起笑容。牠警覺地挺起胸前美麗的橙紅色羽毛，正是一種警告敵人的標誌。同時，牠發出兩聲美妙而響亮的叫聲，彷彿在告誡入侵者。

牠飛向房間的暗角，掀起蓋在雀籠上一塊絲絹，露出一雙銀白色的翼膀。

知更鳥震驚地看着籠內鳥。「這是皇后的新寵？」

「噢，我幾乎忘記了囚禁了牠，絕水絕糧多日，恐怕早已死掉吧。」附寶輕蔑地注視着那一動不動的毛茸茸身軀。

「怕是未死……」知更鳥嘀咕。

附寶挑起眉梢：「怕甚麼？不過是一隻貓頭鷹。」話未説完，便伸手打開鳥籠。但見牠縮作一團，顯然沒有氣息。

就在這時，流亮的光芒從鳥籠內掠過，一雙靈動的大眼睛，從羽翼中閃現。

「把籠關上！」知更鳥尖叫。說時遲那時快，虛弱的貓頭鷹奪門而出，揚起巨翼飛上絲絨帳上的吊環。

知更鳥拍翼飛撲向牠。雖然對方體型比自己大，但牠身手靈活，狠勁一點也毫不遜色。牠用嘴啄向貓頭鷹的膀臂，貓頭鷹重重把牠甩開：「你明明是天下最受歡迎的神鳥，為甚麼要替魔族効力？」

在眾多鳥類之中，知更鳥之所以受歡迎，不單是因為牠的「蛋」顏色格外搶眼，呈現純天然的「孔雀藍」，還因為牠有漂亮的羽毛和動聽的鳴聲。所以，長久以來，牠有「眾神之鳥」的美譽。

知更鳥不肯相讓，從吊環上一路追打到地面，兩隻鳥不僅用嘴互咬，還用腳踢對方的肚子，甚至還倒在地上不斷轉圈。

貓頭鷹這時說：「莫非，你是那隻被麻雀殺死的知更鳥？」

知更鳥止住，分神之際，貓頭鷹出盡全力，衝向半掩的窗，揚長而去。

附寶伸手抓撲，卻落了一空。知更鳥失神地看向窗外的雷雨。

的確，牠就是那隻被麻雀殺了的知更鳥。當時，蠅是證人，魚取走了知更鳥的血，甲蟲為牠做了壽衣，貓頭鷹為牠掘墓，烏鴉來做牧師，雲雀來當執事，紅雀來持火把，畫眉來唱讚美詩，在這事件中每個人都有參與，做了某一些事，但當喪鐘為可憐的自己響起，空中所有的鳥都悲嘆哭泣，然後又再生活如昔，把牠徹底遺忘。

曾經受萬人簇擁的牠，不甘心就此消失，靈魂不散，遇上了大祭司。從此，牠得到了永生。牠回到森林，看着麻雀、蒼蠅、魚兒、甲蟲、貓頭鷹、烏鴉、雲雀、紅雀、畫眉都一一死去，只有牠，歷經春風秋月不倒。

森林裏一直流傳牠的故事，但從未有人見過自己。「這貓頭鷹，留不得。」知更鳥眼中流露出殺戮的氣燄。

# 第五章 太子

附寶抱琴向天彈弦，揮指雷電向着貓頭鷹劈去。一陣轟隆巨雷，在貓頭鷹耳邊響起。

牠的耳孔位於頭部兩側，且分佈和形狀均不對稱，這有利於自己在黑暗中準確定位聲音的來源。牠聽到聲音，馬上避開。只見巨雷不偏不倚，打中前方的殿閣屋頂，擊中中樑，屋頂大片崩塌、樑柱傾倒，殿閣中的檯椅被壓得粉碎，所幸無人在裏面。

貓頭鷹閃身進玉城堡的後方，筋疲力盡的牠躲進黑黝的宮室長廊。牠瞳孔很大，對弱光也有良好的敏感性，適合暗處活動。

牠被困了很多天，需要水和食物。但，皇宮太大，恐怕未逃出去，已經力竭而亡。周遭漆黑一片，天空漆黑一片，整個世界還在沉睡。宮室長廊迂迴，陰冷的風瑟瑟拂過，似是捲落了幾片枯葉，沙沙而響。這種詭異陰森的氛圍，不知不覺間讓無力的貓頭鷹心頭更冷。正當牠想摸索着長廊上貼近天花的柱壁，黑暗前行時，卻突然眼前一黑，天旋地轉，虛脫地從高處跌下來。

牠連拍翼的力氣也沒有，眼見頭顕快要墜地折斷，電光火石間，有一雙強壯的大手掌把牠抱住！

「你是……」貓頭鷹睏乏之極，雙眼不由自主閉上，朦朧間並未看清眼前的人。

貓頭鷹再次張開眼睛的時候，牠發現自己坐在一個靠窗的高木架上，這裏是一個很大的房間，有壁爐，又放置了一張很大的書桌，窗戶以珠質木片拼花工藝修飾。從玻璃窗看出去，可以看到露台之下的花園。玉城堡是一個城中城，牠身處的亭樓只有一層高，建在高台上，視野開揚。

太子察覺牠醒來，揚起眉頭：「貓頭鷹，好久不見。」貓頭鷹圓圓的雙眼，一骨碌地轉了一圈。

太子問：「你的主人呢？」只有神族和魔族，能通曉凡間所有生物的説話。太子剛才在宮殿的走廊，看見貓頭鷹，驚喜交集。他內心一直惦念蜜涅瓦，焦急地等牠甦醒。倘若貓頭鷹不是暈倒，一定已經知道她身在何地。

貓頭鷹虛弱地説：「我想要……水。」

太子召喚侍從，送來生果和水。

貓頭鷹看了看，只喝了幾口水。「你不喜歡吃這些？」太子問。貓頭鷹縮了一下頭：「對我們來説，生果就是不能吃的東西。即如，你不會去啃樹皮跟樹葉吧？」太子皺眉：「你吃甚麼？」貓頭鷹眨眨眼：「我們的食物，包括昆蟲、蜘蛛、蚯蚓、蝸牛、螃蟹、魚類和小動物等。」

太子再次召喚侍從，送來一碟蝸牛。貓頭鷹滿意地大快朵頤。還未待牠吃完，太子又再問：「你的主人呢？」

貓頭鷹頓了一頓，忽然警覺起來：「皇后在這裏？」

太子冷不防從牠口中聽到提及母親，臉上露出一絲錯愕。

貓頭鷹沉默，用鋒利的目光打量周邊，過了一會，才說：「皇后不在這裏。」

太子皺起眉頭：「是誰令你如此失措？」

貓頭鷹雙眼澄明，告訴太子：「皇后不但幾乎害死我，她更想殺死蜜涅瓦！」

太子當場一怔，彷彿聽到天下間最荒誕的話語。

當貓頭鷹告訴他，有關知更鳥和皇后之間的交易，和想謀害蜜涅瓦的陰謀，他覺得完全不可信，無法接受。

「母后是一國之母，她怎可能有如此歹心？」

貓頭鷹說：「你若然不相信，去看看自會清楚。蜜涅瓦正被人送往北部，波赫約拉的海路上。」

太子臉色一沉，比天上的烏雲更灰暗，他打開窗，指向貓頭鷹：「你滾！」

貓頭鷹聳動翼肩，拍拍雙翼，不發一言往北方飛去。一根羽毛，在太子的眼前墜落，如旋轉一般的舞動，在他思海中攪亂，如漩渦一般……

太子腦裏不斷浮現貓頭鷹最後一句：你若然不相信，去看看自會清楚。雙腳不由自主，來到皇后寢殿之前。

他正在躊躇，如何開口問皇后，但聞父王的腳步已在自己身後。「皇兒，你已經知道了？」少典國王臉上流露出萬二分擔心。

太子惘然看向父王，還未來得及開口，少典已經一個箭步衝入房間。

但見，女侍們守着皇后的床榻前，憂心忡忡。皇后熟睡，一呼一吸都像湖水般平靜。太子看着她端正的眉目，沒可能和心腸歹惡的魔族聯想在一起。

「剛走的巫醫有沒有說，皇后甚麼時候可醒來？」少典坐在床前，輕輕把附寶的粉肩托起。

旁邊的女侍搖頭。少典動怒：「你們是怎麼照顧皇后？到底發生甚麼事？」

女掌事說：「當時，只有我在場。」她的雙眼露出難以言喻的驚慌：「皇后如常奏古琴作樂，忽然天降雷聲，一隻魔鳥從天而降，風雨撲面，我用手掩護耳目躲到床榻下，只隱約看見皇后被牠操縱，卻聽不清楚她在說甚麼。這時，只見皇后早前在花園救回來的一隻貓頭鷹破籠而出，和魔鳥大戰。皇后想保護貓頭鷹，卻反被貓頭鷹誤會而攻擊，幸無受傷。兩鳥相爭，在魔鳥離開之後，皇后虛脫昏倒。」

「豈有此理！哪裏來兩隻孽障，傷害了我善良的皇后。」少典一邊破口大罵，一邊憐惜地把附寶的臉捧在掌心。

這時，附寶緩緩張開眼睛：「皇上？到底發生甚麼事？」她柔弱地撐起腰肢。

太子着急地跪在床前：「母后，你甚麼也記不起來？」皇后搖搖頭：「我記得，彈琴時忽聞雷電，醒來便見你們。莫非，我被雷擊？」

少典皺眉，指向太子和眾人：「皇后已經沒事，你們先退下。」他轉身吻向皇后：「有我在，即使是天地神魔，我都不准他們傷害你。」

太子無法弄清楚事情始末，滿腦子轉出一個又一個謎團：如果貓頭鷹沒有説謊，母后是否被魔族下咒，所以才令貓頭鷹誤會？

還是，貓頭鷹在説謊？

# 第六章 太子

離開皇后寢殿後，太子獨個兒在殿外亭閣內發呆。思前想後，貓頭鷹是神明，不會說謊。他從小就在「神族大全」上讀過：在南方海島，貓頭鷹是「智慧」和「神秘力量」的代表。在西方，貓頭鷹是一個女神的化身，她同時兼備戰鬥、和平、勝利、智慧的神力。在北方，貓頭鷹是「夜的守護神」，有洞悉一切的能力。在東方，貓頭鷹是「吉祥」的報喜靈鳥。

當他在腦海逐漸理出一點紋路，忽然被一位父王的侍衛打斷思緒。

「太子，請馬上回皇后殿。」

太子內心突然升起一股不安的預感：莫非母后有意外？當他上氣不接下氣，回到寢殿，卻見父王在皇后殿的客廳，等候自己。

「母后沒有事吧？」太子惶恐地問。少典把手臂擱於座椅半圓側柄，用手托着下顎，跟他說：「沒事，她剛又睡了。」

太子瞥見放下了睡帳的床榻，吁一口氣。「是父王有事找兒臣？」太子見他目光如炬地看着自己。

「貓頭鷹原來是你養。」少典用拇指把玩着一根雪白如銀的羽毛。

太子一眼認出，它是從蜜涅瓦的貓頭鷹身上掉下來。他皺起眉：「父王從哪裏找到這根羽毛？」

「士兵在你房間外拾獲呈上。」少典語氣中帶點憤怒。「你養了一隻甚麼雜種竟然會傷害自己母親？」

太子定神：「牠只是碰巧在附近出現。」

「胡說！」少典動怒：「有人看見牠從你房間的窗飛出來。」

「貓頭鷹不是我養……是我朋友的。」他腦海中不期然浮現蜜涅瓦清麗面容，和安靜的表情。她靈動的眼神，和貓頭鷹一樣澄明。

少典見他神色恍惚，料想他一定是有所隱瞞，心裏更加生氣：「你難道不知道，神魔素不交往？你這是想袒護你的魔族朋友？」

習慣了父王對自己嚴苛，但如此生氣的模樣，太子亦被他嚇了一跳：「父王誤會了，養牠的是一位女孩，是很平凡的人類。她很善良，絕不會加害母后。」

少典是神族的王，他從這根羽毛上，輕易感應到一股不尋常的力量。這種力量不是魔道，而是一種正念的暖流；牠不是魔鳥。然而，一個人類女孩，怎能駕馭如此一隻神鳥？

太子察覺，天性多疑的父王，不是太信任自己，於是把上次與蜜涅瓦一起在烈燄迷宮中，兩人如何機智地逃脱困境的經歷，告訴了他。

「如果你說的不是謊話，她的確機靈過人……但這只能夠證明她有能力養一隻神鳥，卻不能令我釋懷。」少典仍然一臉嚴肅。「她的貓頭鷹何以會在皇后的寢殿？」

「王……」虛弱的聲線，從寢室中傳出。少典沒顧及脱掉的披肩溜在地上，立即快步走往皇后的床邊。

「和太子無關。」女侍把溫水送到皇后嘴邊，她緩緩地吞下，才說：「貓頭鷹是我從花園中發現的，但牠一直昏睡，我不知道牠來皇宮的本意。」

「魔鳥加害於你，罪大惡極；貓頭鷹參與打鬥，搗亂皇宮，驚嚇皇后，同樣要罰。」

少典繼續說：「牠該是去找牠的主人吧？好，既然牠並非謀害皇后。那麼，你親自去把牠捉回來！」附寶一聽，臉色刷白：「皇上，太子怎能單獨去波赫約拉？」

波赫約拉是極北之地，極北的神族和人類，居住在這個遠處的國度。據說，在極北之地，有着極晝和極夜，太陽每年只升起一次；在那裏一年只等於一「天」，極北族人因而享有千年壽命。波赫約拉擁有豐富的資源，包括黃金、礦石和寶石，這些都由窮奇守護着。

窮奇是北方邪惡的野獸，外貌像老虎，長有一雙翅膀，喜歡吃人，更會從人的頭部開始進食，異常兇惡。牠會在天空中飛翔，理解人語，經常混淆人心，並引起戰爭。另外，窮奇相當聰明，具有個性，只吃生人，不吃死者。

不過，更可怕的，並非窮奇；而是神出鬼沒的饕餮。牠外形如羊身，有對稱的雙角、虎齒、虎肢、爪和尾。最大的特徵是吃，不會放過任何所看見的東西。牠有一個大頭和一個大嘴，是貪婪的邪惡野獸。

北方危機重重，邪獸之外，還有萬年寒潭。高達幾千尺的瀑布，從高山傾瀉而下，落盡寒潭之中，只要用手去觸摸沒有結冰的潭水，便會感到比冰還要冷，一種冰凍肌骨寒徹心扉的寒，在片刻之間令肌腱盡死。

少典聳動一下肩膀，不以為意：「那麼，我派一隊軍隊護送。總之，我要知道那隻和牠對決的魔鳥，到底是甚麼來頭！」太子躬身：「諾。」

附寶說：「太子，你要小心翼翼，進入了極北之地，你不能召喚神鳥在高空飛行，一是目標太大，二是擔心驚動那些神通廣大的猛獸。尤其是窮奇，牠長有翅膀，要是被牠發現，少不得一番麻煩。」

太子握住附寶的雙手：「有了精鋭大軍，在這期間即使碰到一些猛獸，憑我一人之力，足以應付，母后盡可放心。」附寶垂下眼睛，不再說甚麼。

在太子離開玉城堡的這天，皇后在城牆上目送大軍。青山橫臥在城牆的北面，流水圍繞着城的東邊；她看着太子的背影，像孤蓬隨風飄蕩到萬里之外了。黎明初至，大軍的影子在山線上掩映，像天上的浮雲一樣行蹤不定，母親擔憂兒子的心，伴隨遠行的馬蕭蕭長鳴，戀戀不捨。

她放下向着遠方揮動的手，回頭向女掌事説：「想不到我們千算萬算，免除了他的懷疑，卻免不了他到北方之行。」

女掌事關上房間的大窗：「若非皇后情急智生，教奴婢此計，太子必然受貓頭鷹迷惑。」

「的確，幸好你偶然看見他把貓頭鷹帶進太子殿，我才及時察覺，早作準備。」

「皇上和太子，應該不會懷疑皇后與魔族的關係了吧？」女掌問。

「皇上那邊，我有信心。倒是太子，在他到達北方之後，實在難説了。」附寶用手輕撫後頸的魔障紋身。

「大祭司會幫我。」她的紋身隨即亮起一道黑色眩光，一閃而逝。附寶臉上，露出詭譎的笑容。

在山線上領着大隊的太子，勒停了坐騎，回頭看向遠在天邊的玉城堡。他心裏冒出一絲不安。昨天，母后向父王說，貓頭鷹是去波赫約拉找牠的主人。可是，他從未在兩人面前透露這地點。到底，母后是如何得知？

# 第七章

# 火火

火火看向窗外厚積數尺，一望無垠的雪地上，有一道既長又遠，伸延到看不見盡頭的溝，是兩道輪痕。在這輪痕的兩旁，有兩行同樣的印痕，一直延伸到天際的輪痕印，那是，一雙腳印。順着這條輪痕的腳印往上看，可以很快地看見雪地上有一個人推着一輛小車，嚴格來說，不是車，而是北方特有的木橇。推着木橇的，是身形魁梧的奧丁。他穿着一身皮毛袍子，褲腿扎得緊緊的，一顆腦袋被一頂棉帽包住了。頂着刺骨如刀鋒的寒風，彎着腰，吃力地推着木橇，緩慢地往前走。

奧丁把它推到一間泥房前，放出四隻雪犬，繫好在小木車。火火見狀，立即跑出屋外，儘管雙腳被積雪吸住，寸步難行，仍無減他的熱忱，一股腦兒跳上木橇，坐在奧丁旁邊：「出發了？」

火火昨晚請求奧丁指引往波赫約拉世界之樹的路，奧丁見他救了妹妹和自己，覺得要報恩，不但答應，而且自薦做火火和佛諾的嚮導，護送他們到森林邊界。「帶你們走出森林之後，我們才分別。」

奧丁回頭向站在門邊的妹妹揮手，舉起皮繩，雪犬揚長而去。佛諾飛快地從屋後跑出來，與他們並駕齊驅。奧丁不是完全為了火火，他的內心對黑熊的突襲，感到十分疑慮。此行，是想往附近的村落看個究竟。

雪犬像強弩上的箭般衝出去，在雪地疾走，兩旁樺樹海盡覽無遺，火火覺得很爽快。不久，他們在森林中發現了一條小路，奧丁在森林打獵多年，就沒在意這條小路。這時，本來在跑的雪犬，忽然停了下來。他們用鼻尖在地面嗅來嗅去，佛諾用手指往雪上搓了一搓。「是血，是人血。」

火火心裏一震，想起昨夜的黑熊，想起牠的利爪……

他們順着散落的血漬一路前行，可走着走着發現事情有點不對頭了，路邊開始出現一些被啃剩下的殘骨，正當他們在猜測黑熊群的大概數量時，一個由黑熊手掌搭建成熊之尖塔的景象出現在他們眼前。怎麼看，黑熊即使自相殘殺，亦沒這種智慧水平：為了防止倒塌，用一些新手掌在外圍又加固了一圈，這些手掌，全都朝着進入森林的路，似乎在警告來者，前路危險，趕快離開！

中間還有一些不完整的頭顱，猙獰又恐怖，看牠們頭和長長的獠牙就知道不好惹，可牠們卻早已成了別人的盤中餐腹中食，最後連頭顱都被擺在這裏。到底是獵殺者在炫耀武力？還是下達來者勿擾的命令？

他們馬上折返回到大路，火火感到臉上有點濕潤，下雨了？他向上一看，當場怔住！

樹枝上滴着血，一具男人的屍體被掛在樹上，藏在枝頭。他的手裏，還緊緊握着黑熊的手掌。

雪犬向着樹枝狂吠，奧丁的臉上露出無比訝異：「他殺了黑熊？那麼，又是誰殺了這男人？」

火火打量了瘦弱的男人屍體一會，怎麼看也不像是獵熊者。他問奧丁：「你一個人殺得了一隻熊？」奧丁搖頭。火火於是肯定地説：「他不是殺熊者，而是留下警告信息的人。」

佛諾點頭，指向男人手握的熊掌：「説得對，他應該是搭建熊之尖塔的人，目的是想勸其他人離開危險的森林。」

「獵熊者另有其人。」大家深呼吸着如謎團般冰冷的空氣。

火火覺得眼前景象，他好像曾經見過。這時，他指着那人：「他……是被拋上半空，經樹枝插穿心臟而死。」

奧丁皺眉：「你認識這些殺手？」火火眼中升起畏懼：「是亡靈大軍，他們在森林裏無聲潛行，等閒之輩難察。」亡靈大軍力大無窮，會無聲無息逮住你。他們先會抓住人類的脖子，用指甲捏入皮肉，然後向他們的鼻孔噴出一口冷得跟玄冰似的屍風。吸了屍風的人起初會發抖、牙齒打顫、兩腿一伸。只消一會兒，它便會鑽進全身血脈，填滿身體，過不了多久就沒力氣抵抗，渴望坐下休息或小睡片刻。到最後完全不覺痛苦，只是渾身無力，昏昏欲睡，然後一切漸漸消逝。

佛諾搖頭：「亡靈大軍一向躲在魔窟，而魔窟是分隔五個國界的鬼域，整片土地上空都是血蝶。森林和河谷被血霧包圍，一片陰暗，濃罩腐敗氣息的濃霧，陽光完全無法照亮四周的任何景物。土地上充斥着黑魔法。可是，亡靈大軍從不越界，因為，他們不能抵擋長時間日照。」

奧丁感到刮面的北風，比平時更冷。「亡靈大軍在此地根本活不了，他們為甚麼越界？」火火百思不得其解：「按道理，亡靈大軍沒有可能千里迢迢來殺黑熊。這件事情太古怪了吧？」

「如此說來，森林裏的村莊，豈不是非常危險？」奧丁焦急地說。火火回應：「我們快去看看。」

奧丁告訴火火，村裏的人習慣趕着馴鹿、拖着帳篷，在北極冰原上生活。他們會在自家馴鹿的耳朵上刻上記號，然後將馴鹿放到野外，與其他馴鹿混合成群，任其繁衍。他們沒有建立自己獨立的國家，不受任何人統治。

來到森林村莊，但帳篷裏卻是一個人也沒有，連馴鹿也不見了。一種奇怪的不安，縈迴在蕭蕭冷風之中。

「亡靈大軍靠嗅覺追捕生命，他們聽着森林裏的響動，大家小心。」佛諾壓低嗓子叮囑。

這時，他察覺密林中露出了黑壓壓的身影，對方身材高大，目測最少是兩個人的高度，樹蔭間的陽光照在那皮膚上佈滿血紅色痕跡，顯得更加恐怖。

說時遲那時快，他們向三人衝過來，火火拔起弓箭，毫不猶豫射瞎了兩隻的眼睛。他已經不是從前那個，遇上魔族只會躲避在空心樹洞的小子了。他想起為救活自己而逝去的母親，是她教懂自己甚麼叫勇敢。

接下來為數幾十的亡靈從森林中衝出來，奧丁揮起利槍，把他們殺個片甲不留，飛舞起滿天殘肢和鮮血。尾隨的亡靈一股腦兒衝前，佛諾亦用雙蹄把他們踏死。奧丁和火火打得汗流浹背，對方數目愈來愈多，佛諾怕大家支持不了，提醒火火：「你修煉的神力如何？試試看。」

一言驚醒，尚未拿捏好神力的火火，收起弓箭，閉目把雙手掌心向內，手指彎起，彷彿包着一個圓球，它瞬間膨脹成火球，一直緊閉的雙眼突然就給睜開了。紅色的光芒從他掌心射出來，他揮向亡靈，亡靈大軍還保持着奔跑的姿勢，天旋地轉在空中飄浮，接着各種碎片從他們身上滑落，跌落到地面上成了一灘污血！

奧丁驚喜地看着火火：「你的火神力很厲害！」火火第一次用它，感到筋疲力盡。整個人一陣虛脱，跪在雪地上，冰涼的觸感，從膝蓋傳上大腿，傳遍身軀。

在魔族全軍覆沒之際，森林深處出現了一隻猛獸的身影。牠外貌像老虎，看上去非兇猛，長有一雙翅膀。「是窮奇！」奥丁大驚：「快悟住耳朵，他能説人語，經常混淆人心！」

牠慢慢走近，閃亮的眼睛盯着在雪地上一動不動疲憊不堪的火火。

# 第八章 奧丁

儘管這些亡靈大軍腐屍的血，並不及美味的鮮肉，但污血的噴濺刺激了窮奇，令牠更加興奮。此刻未回復體力的火火，並沒有能力阻擋窮奇，就像一座用幼沙做成的土壩，想要攔住兇猛的洪水，是不可能的。窮奇哮天一叫，說了一些奇怪的說話：「寒徹入心吧？你已經沒有力氣，來，讓我給你溫暖⋯⋯」

火火腦筋變得渾噩：冷，的確很冷。他感覺身體愈來愈沉重。

窮奇愈走愈近，盯着瘦削的火火。這時佛諾眼明手快，衝前一拉，將火火拉上牠的背。奧丁緊隨其後，揮打着鞭策騎雪犬拉着橇車狂奔。這時，本來想追捕他們的窮奇，忽然回頭，看來是有甚麼東西令牠猶豫——他不想離開森林。

「牠沒有追來。」奧丁止住了雪橇。火火漸漸恢復體力，佛諾把他放回雪橇上。奧丁皺眉看向從天邊翻滾而至的暴風雪：「牠沒有追來，我們也未必能活命。」

他們腳底下的冰原開始吱嘎作響，出現裂縫，還未來得及反應，在他們面前的冰層突然斷裂了。奧丁不愧是一位經驗豐富的雪橇老手，果斷揮鞭指揮隊伍奮勇向前，英勇無畏的雪犬群飛躍跨過冰溝罅隙。若掉入冰冷的裂縫絕對是致命的，雪犬需要準確地繞過這些裂縫。然而，突然來襲的暴雪有機會導致雪犬看不見眼前的路，在寒風嘯聲的影響下，也聽不到冰層裂開的聲音，牠們只有靠天賦準確導航才有希望生存。雪犬的鬍鬚可以感測到氣流變化，憑藉雪犬，人們才能安全地穿過暴風雪。

三個人看到一個雪洞出現在眼前，忍不住歡呼：快進去！可是想不到還有最後一道凶險。就在他們和雪洞之間出現一道又寬又深的雪溝，雪犬根本沒法跳過去。眼見身後的暴風雪將至，在前方白茫茫的雪霧中，他們看到幾個人在招手。「奧丁！快來這邊！」在這班人的前方，橫亙三根並排的大松樹。樹幹上是厚厚積雪，他們剷平了一條小路，剛好能讓雪橇通過。

奧丁領着大家到達對岸，大夥兒連跑帶滾逃進大雪洞。瞬間，洞外橫風暴雪，幾位強壯的男人，連忙用大松樹的枝枝葉葉把洞穴封好。

奧丁熱情地與剛才施以援手的幾位男人逐一擁抱，向火火說：「他們是我的朋友。多虧他們來得及時，否則，我們必定被大雪埋葬。」同時，他又向其他人介紹了火火和佛諾。

數十雙男女老幼的眼睛，好奇地瞪着火火。這些人身着艷麗的民族服裝，頭戴四角帽，白皮膚高顴骨。

奧丁問獵人們：「我們來的時候，經過你們的帳篷，十室九空，你們發生甚麼事？為甚麼離開了家園？」

獵人們搖頭：「說來話長。」

雪洞很大，深不見盡頭，可以容納幾十人，甚至幾百人棲身。在寒冷冬天，打獵都是數十天以上，生火是一種為生技能。獵人不一會就純熟地以樹皮將火順利生起，點了一個火堆。他們招呼奧丁一夥人圍着火堆坐下來，讓幾頭累壞的雪犬癱伏在主人身邊。

獵人們的孩子逗着半閉着眼皮的雪犬玩，獵人們的妻子則一邊用樹枝烤肉串，一邊開始煮火鍋。寒冷環境中，熱呼呼的火鍋能讓凍得冰冷的全身暖和起來，是最奢侈的享受。鍋裏有野菇，配上新鮮鹿肉，一碗接一碗，吃完身子都暖呼呼的。

火火坐在一小段松樹截幹上。他看到樹幹上有抓痕，用手摸了一摸。獵人看在眼裏說：「這就是小熊寶寶在學爬樹時，爪子摩出來的痕跡。黑熊母親通常會在樹下，看着小熊寶寶學爬。」火火不期然想起：有母親的孩子多好……

奧丁的話打斷了他的思路：「黑熊最近襲擊村莊？」獵人們搖頭：「尚未，但我們在深夜聽到牠們在森林裏慘叫。起初，我們以為牠們在互相殘殺。」

獵人們還記得，翌晨在雪地上發現的碎肉，令他們驚訝的張大了嘴巴。那些似不屬於其他小動物，而是黑熊。他們派了一位獵人去查看，他回報發現大量黑熊屍體。於是，他們叫那位發現屍體的獵人，在森林做一個警告，提醒其他人不要接近。

奧丁看了火火和佛諾一眼，三人的內心，不約而同如被巨石壓住。奧丁正想開口說話，獵人又再開腔：「這實在太可怕了，除了黑熊自身，有誰能殺死巨大的牠們？」他的語氣帶着驚恐。

奧丁回答：「如果是窮奇呢？」獵人臉上充滿狐惑：「窮奇？牠一向深居於大雪山，不在這一帶森林活動，是誰帶牠出來？」

奧丁看了火火一眼，火火放下手裏吃完的肉串樹枝，順手掉進火堆：

「如果窮奇和亡靈大軍是同黨，這可不得了。這意味着……」他沉默下來，他亦不敢說出來：背後控制的主使者，是魔族！

「亡靈大軍？」獵人們大大的震驚：「他們來過？」

奧丁重重呼一口氣：「我現在說的話，請你們冷靜地聽。我們在森林裏，發現一位獵人的屍體。他當時，還緊緊握着黑熊的手掌……」

砰——他們身後有一位敦厚的年輕鐵匠，厚重的鐵鍋從他手中掉下。

「父親他……」他怔怔地看着奧丁。「伊爾瑪利寧。」獵人們怕他太激動，紛紛站起身。

伊爾瑪利寧雙手緊握拳頭，雙眼通紅，問：「是誰殺了我父親？」

「殺害他的人，很可能是亡靈大軍。」火火覺得，被拋上半空，經樹枝插穿心臟而殺死人類，是他們慣用的伎倆。

「我要報仇！」伊爾瑪利寧堅定地說：「是魔族又如何？」

奧丁走向他，拍拍他的肩膀：「好夥子，別傷心。有人替你報了仇，亡靈大軍已全軍覆沒。」

伊爾瑪利寧眼中亮起激動的淚水：「是誰？是你嗎？」他馬上要跪下，被奧丁強而有力的手臂扶了一把：「不是我。」

他指向火火：「是這男生，他用火球把他們殺死。」

眾人目瞪口呆，伊爾瑪利寧隨即撲向前：「恩公！謝謝你。」火火被他突如其來的舉動嚇一跳。

奧丁沉着臉：「莫非，他是傳說中的那人？」

一位薩米爺爺從群眾後方緩緩走上前。「傳說中，薩米人會有一場劫數，不但是我們，還有分散在各處的薩米各村各族，會被魔族濫殺擄掠。能夠拯救我們的，是「慧心神」。慧心神擁有非常強大的力量，這孩子是否我們的慧心神，實在言之過早。」

火火聽得一頭霧水，惶惑地看向身旁的佛諾。

# 第九章

# 蜜涅瓦

比爾船長乘着蜜涅瓦沉睡時，把她綁起來，準備送到北方海岸。在冰洋旁邊，會有等候他的窮奇。近年天氣極寒，很多住在極北的人類漸漸遷移。窮奇只吃生物，不吃死者；少了人類，牠改為攻擊黑熊。

魔族大祭師最近告訴窮奇，只要把蜜涅瓦送到拉普蘭的森林囚禁，好好看守，大祭師的亡靈大軍，每天會給牠捉來很多很多活人。為此，牠答應與魔族合作。

船在布拉佛斯港口泊岸，比爾命人把裝着蜜涅瓦的鐵籠交給窮奇。在窮奇巨大的身軀面前，鐵籠裏的蜜涅瓦彷彿是雀籠裏的金絲鳥。瘦弱的她，顯然沒有引起牠的食慾。

窮奇雖然是北方邪惡的野獸，但牠很有個性，做甚麼都看心情。比爾養在身邊的蝙蝠，自從登岸後一直在窮奇面前飛來飛去，倒是滋擾着牠的心情。窮奇一聲不響伸出虎爪，憑空一抓，蝙蝠應聲啪噠躺在地上，牠再用腳一踏，蝙蝠一命嗚呼。

一條腿的比爾，怒不可遏，趾高氣揚指着窮奇大罵：「豈有此理！你太過目中無人了！」比爾此回為大祭司捉了蜜涅瓦，自覺已經成為忠臣，身價十倍。他的大祭司不但會把另一條腿還給他，說不定更會為他撐腰。

窮奇拍動牠巨大的翼，登時風高浪急，大船翻了，船上的人都掉進冰海。岸上的比爾和剩下的船員，亂成一團逃命。窮奇右手抓住十多個人，左手抓住比爾。牠咧嘴露出鋒利的牙齒，進食牠握在右手掌心中的點心。牠更用上牠最喜歡的吃人方式：從人的頭部開始進食。比爾看着那幾位只餘下手腳在半空掙扎的船員，驚嚇得心臟近乎麻痹。

「你敢殺我？我是大祭師的人！」比爾兇悍地叫囂。

窮奇悶哼一聲，一口咬斷他的脖子，才在喉嚨裏說：「你怎沒想到，是大祭師叫我殺死你們？」這班船上的人類，正是他答應給窮奇的見面禮。

在鐵籠裏的蜜涅瓦，目睹慘況，魂飛魄散。她嬌小的身軀不停戰慄，不知道是北方天氣太冷，還是因為剛才生平看過最血淋淋的場景。

窮奇拈起比爾甩在雪地上的棕黑皮毛大衣，用利爪尖小心翼翼把它塞進鐵籠，跟她說：「你不要冷死，否則我的糧餉便會不繼。」

蜜涅瓦看着牠在雪光反映下的銀亮利爪，心裏發毛。她用雙手緊緊交抱胳臂，把整個身體蜷縮在厚厚的皮毛大衣之內，只露出一雙眼睛，看着窮奇把鐵籠帶上高空，腳下盡是白皚皚，分不清是雪是雲。

蜜涅瓦被窮奇帶到森林深處，這裏經常聽到黑熊的叫聲。別說她被困在鐵籠，即使她被放生在森林，她亦沒膽量四處走動，免得成為黑熊的晚餐。

窮奇把一大堆漿果和野果，圍放在鐵籠外。鐵籠被放置在兩塊橫亙在一條河流的岩石上，她可以輕易取得冰涼的淨水。一時三刻的生存，看來是沒有問題，但她自覺像被飼養的禽畜，遲早被殺飽腹。

思前想後，她到底應該如何離開？

窮奇心浮氣躁，不會長時間守在她身旁。牠喜歡四處走動，趁牠不在身邊，蜜涅瓦用漿果和野果討好附近的海鸚。她懂得鳥語，牠們告訴她這片森林的地形，也告訴她可以從哪個方向逃出生天。

可惜，這裏離森林出口太遠，她不能貿然行動。況且，海鸚告訴她，附近除了窮奇，還多了一群亡靈。他們主要負責定時定候，送活人來給窮奇。如果他們遲來了，窮奇會殺戮黑熊，大快朵頤。

蜜涅瓦知道他們都是受魔族指使，她要自由，必需等待一個時機。

最近幾天，她發現亡靈好像消失了。他們不在，連森林的空氣也清新起來。她不知道發生甚麼事，但她感覺到，窮奇的心情彷彿亦改變了。牠除了捕獵黑熊，大部份時間在蜜涅瓦附近徘徊。

她有一種感覺：窮奇怕她逃走。看來，一定是發生了甚麼事。

她在夜裏，常常看見傳說中的火狐。一隻狐狸在白雪覆蓋的北極荒原奔跑時，尾巴掃起晶瑩閃爍的雪花一路伸展到天空中，激發出火花。天空中驟然出現如布幕的畫面，有青綠，有紫紅。這夜，火狐特別活躍，滿天如花海璀璨。她在想，如果有一隻火狐來救她便好。

就在這時，她聽到森林裏有一陣騷動。

窮奇醒來，刻意放輕腳步，快跑向有聲音傳來的方向。

「是她！」幾個男人用低沉的聲音，出現在森林的另一個方向。他們身後，尚有一位騎在馬上的男子。

他們用利斧破開鐵門的鎖，扶起她。蜜涅瓦長時間被困坐在這裏，雙腳麻痺乏力，連站立都有問題。

騎在馬上的男子見狀立即策騎而來，跳下馬一把將她拉起。蜜涅瓦驚魂未定，卻發現背後有一道灼灼的目光。轉身看去，只見這人不是別人，正是太子。

月光穿雲而出，照在年輕太子風塵僕僕的臉上。銀光在他前額早生的一小撮白髮上閃耀，月色沿着乾燥的微細皺紋間，勾勒出他那俊逸的五觀。他正意味深長的盯着自己，她不禁微顫了一下。

他用手托起蜜涅瓦的腰肢，只見她眼中無懼，不知道是哪裏來的力氣，竟單憑一手之力就將整個人撐起，騰空踩住馬鐙，翻身，上馬，一連串的動作行雲流水。她伸出手，摸了摸馬的鬃毛。身後靠着的太子，在她耳邊輕聲：「坐穩！」

只見太子一手拽緊韁繩，一手將馬鞭舞得好像霧裏繁花，讓人根本看不清馬鞭的走向，唯有那鞭子打在馬上的聲音，觸耳驚心。

太子將馬速縱得極快，凌厲的寒風從她身旁飛速劃過，她瘦小的身子看似在風中搖搖欲墜，但太子卻把她摟得很緊。

當初，他不知道蜜涅瓦的所在，與其在白雪茫茫的森林盲目尋覓，不如回到西邊的出發點。他從漁民手中金幣得知她上了比爾的船。他於是帶着軍隊，前往布拉佛斯港口。

他在海上救了一位比爾的船員，得知蜜涅瓦被巨獸捉走了。千辛萬苦，他來到森林邊緣，偶然發現一群海鷗，牠們指引他來到蜜涅瓦被收藏的地點。

如今，趁着火狐舞天，他來一招聲東擊西，派人在森林另一端引開了窮奇。

「你冷嗎？」太子笑着摸摸她的小手。「不。」蜜涅瓦趕緊搖頭，並試着縮回被他緊握住的小手，可是他卻絲毫沒有鬆手的意思。他空着的左手，摟上她的腰。

「太子……」她的心中十分惶恐，身體也微微顫抖。他看着懷中的蜜涅瓦，與她在絢麗的天幕下，在雪地狂奔。太子多日來懸空着的心，終於在此刻踏實了。

# 第十章

## 火火

在拉普蘭的薩米人居住簡陋的帳篷，以飼養馴鹿、狩獵松雞、北極兔和打魚為生，時常與熊和狼爭搶獵物。薩米人信仰萬物有靈，大自然裏不論動物還是石塊都有靈魂。

薩米人的生活幾乎全部依賴馴鹿：鹿皮可以製成衣服、皮靴、被褥和帳篷；鹿角和骨頭則用來製作工藝品、藥和工具；鹿奶含有豐富的營養，可做成奶酪保存。薩米人不使用貨幣，交易時以貨易貨，主要用馴鹿皮換取日用品。男人們帶着成卷的鹿皮，來往附近的鄉村市場換取生活必需品。

伊爾瑪利寧想把他父親的屍首安葬，奧丁和大家回到之前見過窮奇的地方。隆冬將至，他們不宜大舉搬家，商討之後，決定按兵不動。應村民請求，火火在薩米人的村莊住了幾天。起初，村民怕窮奇會再出現，小心翼翼，組織一隊名為「破風使者」的護衛隊伍，輪流守衛。後來，如薩米爺爺所說，除非特別原因，窮奇不會在一個地方安定下來。大家，又好像鬆懈了。

雖說窮奇是一種猛獸，並不容易對付；但看來，火火已經沒必要留在這裏，而且，他要找尋世界之樹。這晚，幾個人圍爐，火火跟奧丁說：「我想明天繼續行程。」奧丁若有所思，隨意點點頭：「嗯……你知道嗎？我們特別喜歡將鹿肉熏烤。來，嚐一口。」火火接過鹿肉，油膩和肉香令全身通過一股熱流。

這時，忽聞外面一場騷動。

窮奇拍着翅膀，來到薩米人的村落。牠看來非常憤怒，大聲咆哮。佛諾衝上前把牠攔下，問牠為甚麼來此騷擾人類。

只見窮奇生氣地向牠一抓，佛諾靈巧地避開。佛諾用讀心術窺視牠的內心，告訴剛從帳篷出來的火火和奧丁：「窮奇族群多年來遵守大自然的約章，只殺獨行人類，不會襲擊人類居所。不久之前，牠追蹤幾個人，來到這裏。他們襲擊牠，所以牠把他們吃了，然後又回去森林。誰知道，牠發現魔族要牠禁錮的女孩不見了，所以來找我們算賬。」

伊爾瑪利寧召集大家到帳篷後方：「牠吃了誰？我們當中有人不見了嗎？」村民互望，搖搖頭。

如今窮奇的眼睛充滿血腥，奧丁佛諾和火火三個人擋在牠跟前，亦不見得有必勝把握。窮奇瞪一眼肌肉結實的奧丁，認定他是首要擊敗對象。牠體型壯碩，奧丁手中的永恆之槍顯得短了些，只好靠近身搏擊。永恆之槍很鋒利，是祖傳武器，削鐵如泥，過去黑熊頭顱亦能一槍擊破。面對窮奇，只要能閃躲着，必能一槍插斷牠喉嚨。

奧丁手中大槍寒光一閃，他跳起對準對手脖子，狠狠一揮。窮奇雙翼一揚，他滾跌在雪地上。趁着對手沉陷的機會，窮奇嘴角一絲獰笑，眼眸中釋放出冷漠殺機。

佛諾見狀，馬上四蹄繞圈狂奔，在雪地上颳起巨雪旋風。頓時，雙方眼前白蒙蒙一片，視線模糊，四周的世界彷彿發生了變化。然而，窮奇對外界彷彿知覺全無，立在滿天飛花中仰天長嘯。

「火火，快點用你的力量！」佛諾的爆炸力不能支撐很久，牠向火火疾呼。

火火身體狀態，也在此刻發生了變化，三天的修煉，力量緩慢的恢復。然而，火火內心仍然生出一絲恐懼，如果窮奇選擇殺死他們，在剛才那種對外界彷彿全無感知的情況下，他們根本沒有任何一絲還手的餘地，只能被眼前這個眼眸冰冷的巨獸殺死。

「火火！」佛諾再次催促。說時遲那時快，眼見窮奇用牠鋒利無比的大爪，瞄準陷在雪地上未及站身的奧丁之際，火火不作他想，直奔窮奇，大吼一聲，全身的火燄氣息爆發出來，手中一道碗口粗的火燄柱直接發出，以一個極快的速度，朝着牠的腦袋而去，整片雪地上充斥着他的浩瀚氣勢。

奧丁看準時機，騰空一躍，用他的大槍插進窮奇的心房。剎那火燄，令星夜如白日般耀眼，然後黯淡。所有人從模糊的視線，回到了現實。雪地恢復平靜，夜空重見澄澈。

窮奇被殺死了。

躲在帳篷後的人們，緩緩走出來。他們看着奧丁把大槍從窮奇身上揪出來，嘖嘖稱奇。

「你是我們的領袖！」大夥兒簇擁着他。奧丁看向躺在雪地上昏迷不醒的火火。因為他用盡全身力量救了自己，現在才累昏了。

奧丁搖頭：「不是我，是他。」

薩米爺爺撐着杖，來到前方：「說不定，你們都是。」

他們把火火帶到溫暖的帳篷內，火火睡得迷迷糊糊。

佛諾在一旁說：「窮奇剛才提及魔族，顯然，魔族開始想掌控雪國。」

薩米爺爺說：「薩米人的傳說，在魔族騷動之時，慧心神會出現。他是表現出正義的王者；當感覺到焦慮，他會很冷靜，也會聽到發自內在權威的鼓舞。他有能力深切而真誠地關心別人，會認同別人。他會創造一個更正義、更冷靜、更有創意的世界。雖然火火力量非凡，但我不知道，這孩子是否命中注定的慧心神。」

奧丁這時領着其他人甫踏進帳篷便說：「找不到。」他聽到窮奇死前曾提及有一位被魔族禁錮的女孩，他怕她在樹林裏迷路，所以帶着大批人入森林找她。

「會不會是魔族帶走她？」奧丁皺眉。佛諾搖頭：「如果是魔族，窮奇何必大動肝火？」

薩米爺爺說：「我猜測，附近的其他薩米族部落，很可能都受到了他們滋擾。」

奧丁沉默了一會，說：「我和伊爾瑪利寧商量過，想將『破風使者』的護衛隊擴張，號召各方冬季獵人集團，保衛家園。」

死裏逃生的奧丁，內心忽蒙感召，自覺應該出一分力，趕走魔族，令雪國重獲寧靜。火火體力逐漸恢復，他和佛諾跟隨大隊，穿過森林，向北方進發。

當他到達河流旁邊，發現一個空空的鐵籠，和被砍開的鎖。加上附近的馬蹄印，他們覺得，這是女孩曾被禁錮的地方。看來，是有人把她帶走。

火火站在河邊，仰看在藍天下，撐着一個個圓形白雪堆的松樹和杉樹，細細思量：看來，把窮奇引來村落的，是另有其人。説不定，和這女孩有關。

這時，幾隻海鷗在樹枝上吱吱喳喳。火火從小在樹練就出聽力靈敏，他豎起耳朵，仔細聽着他們説話。

「那長髮女孩，全身發出一種異香，又通曉鳥語，樹林裏的雀鳥都喜歡來和她聊天。現在她被救走了，多無聊。」

火火聽着聽着，感到這人有一種莫名的熟悉感。不，不可能是她……

# 第十一章 大祭司

幾千年以來，大祭司手下的亡靈大軍，從未大規模侵犯神族領土。魔族陣營在魔窟，充斥着黑魔法，尤其通天塔附近，如果人類太接近，會使人陷入昏厥迷陣。這座通天塔，在許多層巨大的高台上，這些高台共有八層，愈高愈小。塔外沿建有螺旋形的階梯，可以繞塔而上，直達塔頂。最上面的高台建有魔廟，金碧輝煌，能緩慢旋轉，在轉動時可看到不同方位。

大祭司在通天塔的神廟中，目不轉睛地監視大水晶球中的一切。在魔窟，大祭司有無數死人任供差遣；但他還想要的，是在玉城池裏可以為他効忠的活人。在水晶球中的太子，其實早是他囊中物。他引誘太子母親出賣靈魂，也等於控制了太子。

這位將來承繼皇位的太子，可以助他一步步滿足自己的野心。大祭司雖然身為魔族首領，享盡奢華，但慾念無窮，最終目標，是天下人都需要得到他的庇護。為了取悅他，換取他的恩典，而將一切敬獻給他。

他派亡靈大軍叫窮奇看管蜜涅瓦，是因為亡靈大軍在日光下不能久活。他們即使以活人續命，不過幾天，亦會灰飛煙滅。大祭司欺騙皇后，說會將蜜涅瓦作為活祭品，既然她只是不希望兩人重遇，大祭司沒必要讓她知道太多。他將蜜涅瓦囚禁於森林，是為了令太子死心。必要時，她更會成為威脅他的工具。

大祭司想太子做另一個人的女婿。她不是別人，正是婁希。

婁希是北部領土的女王，也是一位法力強大的女巫，具有編織魔網的能力。大祭司最想得到的，是近日落入她手中的彩石。

當日，有不死之身的戰神奇龍，和大祭司對決。他化身成黑色骷髏和奇龍激戰，卻無法打敗他。結果，大祭司變成一股黑氣進入了奇龍的七竅，把它控制，奇龍想反抗，但他實在無法想像，以大祭師的遙控念力，居然能夠施展出如此恐怖的攻擊。他，變成了怪物。到最後，奇龍選擇被火火殺死，將不死神力，注入彩石，飛往西天。

這塊奇龍彩石，從南方飛到西方，又從西方飛到北方，好像刻意逃亡。它擁有強大力量，但婁希只以為它是偶然飛墜落下的普通寶石，放進了女兒的嫁妝箱。

她有許多漂亮的女兒，受到世人熱烈追捧。她曾承諾，若有人完成她交代的事情，她會將女兒嫁給他。很多英雄都紛紛嘗試，但這些事情幾乎都不可能完成，即使完成了，她也很可能會將這些男子殺死。

為了要婁希把女兒嫁予太子，讓他取得北方管治權；大祭司好好部署一切。他派出大量亡靈大軍在人類世界搜查，就是為了要找出能夠完成婁希吩咐的工匠。可惜，至今毫無頭緒。

他一直看着水晶球，看着太子從森林帶走了蜜涅瓦。雖然，內心有點憤怒；但，回心一想，亦無不可。如今，太子似乎親自前往波赫約拉，正好，讓他有機會接近婁希的女兒。不過，在太子以為自己能主宰一切，要風得風要雨得雨之際，大祭司決定，要挫一挫他的自信。到將來，他才會懂得聽令於自己。

他用指尖點了一下水晶球，把黑色的霧靄送往北方，太子的睡床。

這夜，太子在夢裏看見天上忽然出現黑雲捲，他臉色一變，雲捲中有一些怪異話音落下，他似乎感受到無數魔氣從雲團中冒出來。足有千丈龐大的風暴，陡然席捲開來，在這一剎那崩裂成一片片的黑暗空洞，地面被籠罩在詭異的血紅濃霧之中。在血霧之中，緩緩升起眾多縹渺魂魄，形成無數道細小的骨片，這些骨片之上，都是有着一張猙獰的臉龐，遠遠看去，這些猙獰的臉龐，盡數黏附在一個黑影之上，黑光暴湧，隱隱間匯聚成一張龐大的臉龐。這張臉龐，瞪着一雙猩紅血珠，眼窩凹陷到好像骷髏頭一樣，充斥痛苦之色，看得人毛骨悚然。黑色骷髏眼光空洞，沙啞而陰冷的聲音，緩緩響起：「太子，你此生要聽令於我。」太子很害怕，問：

「是誰？」

太子猛然醒來，前額冒出豆大的汗珠，他的心臟砰砰亂跳，這噩夢太真實……他仔細再想想，夢中一切，似曾相識；就連那把召喚他的聲音，也好像是記憶，而不是夢境。

太子把當天發生的一切記在心裏，他記得奇龍和魔族相爭；他記得對方曾經提及自己的名字。他想知道，發生甚麼事；當時很想知道，現在更想知道。

他想起早前在皇宮，蜜涅瓦的貓頭鷹雙眼澄明，告訴太子：「皇后不但幾乎害死我，她更想殺死蜜涅瓦！」

他用雙手支着頭，用力搖了兩下——不可能，他的母親是善良的皇后，不會如此歹毒。隨即，他的腦海中又出現另一個疑問：當日在皇后寢宮，他明明沒有洩露貓頭鷹的去向。為何，她會知道自己要去波赫約拉？他的腦海中不斷轉出謎圈，啃食他的內心。

他衝出帳篷，大口大口喘氣，讓寒風揮走內心的疑慮和恐懼。

他既然來到北方，理應攻下這裏的城。一直備受父王質疑，他惟有建樹功績，才能彰顯自己的能力。他孤獨的站在帳篷外看着夜星，目光中藏着太多的滄桑與無奈。而身後不遠處，有一個人靜靜的看着他。

蜜涅瓦赤腳踩在冰涼的雪地上，冷得發紅。但是，她仍然想走近這個男人，安撫這顆孤傲的心。刺骨的夜風毫不留情的掀起她披散的長髮，如波瀾起伏，這讓她想到了兩人的命運，互相交纏，卻隱然有一種鬱鬱蒼蒼的悲涼。

太子這時候回頭，然後，毫無預兆的，看到了站在不遠處的蜜涅瓦。

寒風刺骨，她穿的又單薄，雙臂環胸，凍得微微顫抖。

「原來你在這裏。」蜜涅瓦刻意用輕鬆的口吻，嬌笑如花。白雪映照下，她不帶一點妝容的臉蛋更見精緻。

太子馬上脱下了鹿皮大衣，邁開步子，走到她身邊，把大衣搭在她肩膀，給她溫暖。而此時，原本只想裹住她單薄身體的一雙手，卻忽地滑下環在她的腰上，他把她抱起，並握緊她的手臂。

蜜涅瓦下意識想要掙脫太子的手，但他卻愈握愈緊，好像要把她的手骨捏碎一樣。在他臂腕中，她無法阻止他的舉動。

太子保持沉默，只是清冷深邃的目光一直盯着她的冷凍的臉。他的雙眼，情緒藏得極深，讓人無法猜透。

「很冷，嗯，我有點兒累，想要回去了。」蜜涅瓦垂下眼眸，借此掩飾內心的喜悦與無措。

太子深深的看着她的眼睛：「好，我送你回房。」太子攬着她肩膀，兩人一起回去帳篷。

如果，時間可以定格，這一刻，成為永恆……

遠在夜空的另一端，大祭司冷笑：「你們就盡情享受這片刻短暫的愛情吧。很快，我會令你倆永遠分開。」在灰白的長髮下，掩蓋不了他雙眼中貪婪的邪念。

# 第十二章

## 火火

「亡靈大軍，力大無窮，他們先會抓住人類的脖子，用指甲捏入皮肉，然後向他們的鼻孔噴出一口冷得跟玄冰似的屍風。吸了屍風的人起初會發抖、牙齒打顫、兩腿一伸。只消一會兒，它便會鑽進全身血脈，填滿身體，過不了多久就沒力氣抵抗，渴望坐下休息或小睡片刻。到最後完全不覺痛苦，只是渾身無力，昏昏欲睡，然後成為他們的奴隸。」奧丁向眾人演說。

幾個月以來，由奧丁領導的破風使者軍團，已經和亡靈大軍多次交鋒。然而，魔族仍然到處燒殺擄掠薩米人。這些亡靈大軍，專門攻擊工匠家庭。被擄走的工匠，不計其數。與此同時，他們亦發現亡靈的灰燼。相信，是因為抵擋不住日光而暴斃。然而，破風使者們始終不能理解，為甚麼魔族為了擄走奴隸，不惜一切？

佛諾和火火本來是要去找世界之樹，要向北前行，順道跟隨大隊北上。起初，火火不停問奧丁哪裏有芍藥？奧丁還以為他胡鬧，這時勢還要找花去送人。

火火苦笑：「在這裏，植物比東南西方都少，我只發現有芍藥和芎藭。芍藥的根鮮脆多汁；芎藭是多年生草本，葉似水芹，為羽狀複葉，秋開白花，果實為橢圓形，根可入藥。兩者主要鎮痙、鎮痛、散瘀、活血。」

後來，大家才知道火火自小在山上長大，懂得醫理，能沿途採集植物，為受傷的人醫治傷勢。

佛諾記得，薩米爺爺曾說：「慧心神有一種能力：深切而真誠地關心別人。」他發現，火火的能力與日俱增。同時，他亦開始有點後悔：如果從一開始，他肯信任火火的能力；或許，她的母親不會死⋯⋯

然而，這個秘密，佛諾要守住，直至永遠。

「看來，我們要往更北，找出亡靈大軍收藏奴隸的地方。」伊爾瑪利寧在帳篷裏，把一雙全新的鹿皮雪靴交給火火：「要在雪中步行，必需要穿上傳統的雪靴，否則真的會有走一步退兩步的無力感。」火火第一次穿雪靴，綁得緊緊的，果然走起路來更輕鬆。

「謝謝，我以為你只懂打鐵，原來連造鞋也懂。」火火欣喜地看着新鞋，相比自己原先的破爛舊布鞋，它實在暖和得多。

「嘿嘿，我們所有薩米男人都懂得。」伊爾瑪利寧哈哈大笑。火火附和着微笑：「你的個性，比奧丁開朗。」

伊爾瑪利寧點頭：「那當然，我只是一介莽夫，和他出身不同。他父親生前是族長，對他訓練有素。他在年紀很小的時候，已經加入冬季獵人團。他做甚麼都要最優秀：打獵最多，射箭最準，舞槍最狠。彷彿，他是為了領導群眾而生於這世界。」

「是嗎？他從沒告訴我過這些。」火火一直覺得，他是非常寡言的人。靠他一個人，要照顧家人和維持生計，日子一定過得不容易。

奧丁這時衝入他們的帳篷：「快，有人發現了奴隸營。我們召集人馬，出發吧！」他們應聲起行，門外的佛諾緊隨。

大家來到一個大雪山，前方不遠處是一個大雪谷。奧丁和近百人在杉林下隱藏。奧丁說：「從這裏走過去，暴露於荒野，我們可能會被發現。」火火發現天空上波譎雲詭的綠色光幕漸漸黯淡：「很快天亮，不如，多等一會兒？」奧丁說：「好，這些來自於逝者的創傷，是鬼神引導死者靈魂上天堂的火炬。神靈現身，這些快速移動的綠光會發出神靈在空中踏步的聲音。」

佛諾微笑：「天上的光幕到底是否和神靈有關，不得而知。但亡靈大軍害怕日光，如果在日間和他們對戰，我們勝算在握。」

他們只好暫時躲在叢林，坐在雪地上靜候時機。

火火問佛諾：「他們為甚麼要把工匠困在這裏做奴隸？」

佛諾聳聳肩：「我不知道。一般國家的奴隸，都是聽令於祭司或國王。他們通常被指派去挖掘礦脈，只知道要好好幹活，集體住在大院裏。奴隸的生活並無匱乏，但沒有選擇，喪失自由，除了挖礦之外沒有未來可言。」

佛諾繼續說：「他們生要採礦，死也死在礦坑裏。甚至組織小家庭，學習採集狩獵。有些奴隸變得老而乏力，沒法再幹粗活時，便獲准離開，重回荒野裏生活。這些人類和其他地區的人，將會永遠無法聯繫。」

「但這裏是大雪谷，沒有甚麼可挖掘吧？再者，他們抓來的，全都是工匠，當中必有原因。」伊爾瑪利寧在他們後面說。

黎明前的世界是寧靜的，黎明前的雪景也是最美的。天幕像一張鋪天的墨色大毯，無數朵潔白晶瑩的雪花，如天使一般紛飛。

但在這班破風使者跟前，看似安寧的黎明之後，將會是一場惡鬥。

當陽光照在白雪的一霎，冰霧從大雪谷中升起，如雲湧如浪濤。破風使者一口氣衝入大雪谷，撲面冷風。

奧丁以雷電般的速度，猶如魅影，手中的大槍，對準第一個踏出雪谷的亡靈的脖子，輕輕劃過。這一刻劃過之後，對手依然陷在時光倒退中，脖子卻早已斷裂，一道血柱噴湧出來，濺落在地上。其他破風使者，取出匕首，劃過每一個出現的亡靈。亡靈在陽光下，化成黝黑色的碎片。

有亡靈不畏日光，一步跨到火火面前，眼眸空洞，給人一種冷漠到了極點的感覺，彷佛這世界的一切，都不作留戀。火火轉身往後跑，一腳踏上石塊，縱身跳起，反手拔出弓箭，射向亡靈，亡靈脖子與頭顱直接分開，應聲倒地。

奧丁帶着伊爾瑪利寧等人，直搗奴隸營，打開鐵籠。一眾工匠聽是來救他們的人，欣喜若狂，紛紛沿着羊腸甬道，走出雪谷。

伊爾瑪利寧和佛諾，在前方引路。奧丁和火火解放了奴隸，尾隨大隊殿後。

就在這時，一陣黑影掠過。一隻巨獸，有對稱的雙角、雙眉、雙耳。最可怕的是，牠身軀龐大，羊身人面，眼在腋下，虎齒人手、並有利爪和龍尾。

「這是甚麼？」奧丁看來亦從未見過，當場呆住。他正要如出一轍，用大槍瞄準對手脖子，想是狠狠一刀；卻不及反應，但見巨獸撲向他揮爪，火火馬上發了一箭，牠一閃，奪命利爪落在奧丁的額前……

這時，忽聞鼓樂掩至，在雪谷之上，另有一隊軍隊列陣。藍天上忽然出現黑雲捲。巨獸猛地抬頭，看向雲端深處，黑色骷髏狀的捲雲傳出有一把深沉的聲音：「走吧，不能傷害在山上的軍隊。」幾秒之間，大雪如雨，巨獸消失了。

火火心裏極度疑惑：這班突然出現的人，到底是誰？這隻雪地上的怪物，居然忽然消失？莫非如奧丁常說那般：北極暴風，就是一群精靈在天空中移動。

他想到奧丁受傷，馬上轉向他。這時，火火所見，令他不禁呆住。

# 第十三章 太子

太子領着少典國王的大軍，以正義之師之名，奉命趕走在附近燒殺擄掠薩米人的魔族；這都是拜蜜涅瓦所賜。若非從她口中得知魔族入侵，他才不會想到如此堂而皇之的藉口，攻擊拉普蘭。

只要，他有赫赫功名，父親自然會對他刮目相看。

他們來到大雪谷附近，聞得谷底廝殺不絕，太子隱約看見有一異獸在與兩男子對峙，形勢緊急，來不及出手，只好叫大軍擊鼓，虛張聲勢。

「這是甚麼？」和他坐在同一匹白馬上的蜜涅瓦，在他耳邊問。

「在皇宮唸書時，我曾經聽金太傅說過，這東西叫饕餮，是北國傳說中的神獸，最大特點就是能吃。這種怪獸無比兇悍，而且十分貪吃，見到甚麼吃甚麼。」太子緊緊握了一下青銅劍，打算叫蜜涅瓦留下，獨自策馬迎戰。

忽地，烏雲蓋天。太子見狀，驚覺天象似曾相識。正當他沉思之際，異獸居然消失於無形！他無從追蹤，只好下大雪谷看個究竟。

蜜涅瓦和他來到谷底，看見有兩個男子。其中一個人用手掩着左眼，神情痛苦不堪。另一個背着他們的男人，嘗試移開傷者左手：「讓我看看……」但見一道血柱直噴灑出來，左眼血肉模糊。

「你們是誰？」縱是左眼痛入肺腑，此人仍然負傷向太子和蜜涅瓦喝道。

火火應聲回頭，在太子身後的蜜涅瓦不禁一愣。

火火只看了他們一眼，立即想起奧丁的傷勢，從布袋中找出乾藥草，用冰混和之後在手中捏碎。但見火火不理雙手冷得發紅，仍然用力把藥草弄成糊狀，再放在布條，敷在奧丁的左眼。「幸好我一向帶這種蛇銜草在身邊，在這極北之地，少見花草。」火火一邊幫他包紮傷口，一邊說。

蜜涅瓦一眨不眨瞪視這位和她青梅竹馬的好朋友，眉宇間好像成熟了不少，他是否經歷了很多？他身邊這人又是誰？她忽然覺得，闊別一個月，恍如隔世。

站在一旁的太子，把她的舉動看在眼裏，卻無法猜測蜜涅瓦的心思。

奧丁感覺眼睛上的冰涼，鎮止了劇痛，他問火火：「他們是你的朋友？」火火指指蜜涅瓦：「女的是，男的不是。」

太子深知，火火從初見的第一天，就是不喜歡自己。而他，固然亦不喜歡這人。雖然，兩人之間沒有深仇大恨；但幾次遇險經歷，都證明他們絕對不是同路人。

偏偏，命運交纏，他們兩人似乎無法分割。

蜜涅瓦輕巧地從馬背跳到雪地上，她走向火火：「你怎麼來到北國？」

「那你呢？」火火微笑。「我還以為你已經回到甘棗山，和蓋亞女神在一起。」

「是我先問你，你怎不回答？」蜜涅瓦皺起眉頭。

「我要追蹤奇龍彩石嘛，你不記得？」火火收起微笑。他看向她身後一臉傲慢的太子。

蜜涅瓦看着他冰冷如極地北風的口吻，心裏寒了一截。

這時，佛諾從遠處跑來。看見太子，先是一愕，然後微微點頭；太子同樣向他回了一個眼神。這微妙的變化，卻被心細如塵的火火看在眼中……

「奧丁，你沒事吧？」佛諾見他按着左眼。

在場的四人看着奧丁，心裏明白：以剛才的狀況來看，他的眼睛很大機會失明！

佛諾催促：「走吧，解放了的奴隸都在前方，恐怕久留，會有危險。」

太子連忙答：「看情況，你們需要軍隊護送。這樣吧，我們和他們一起走，送這些平民回家。」他心裏滿腹思量：這可以一舉兩得。既可以挾「解放奴隸」之名為自己建立名聲；又可以乘着這個機會，打開缺口，干預北國內政，成就大業。

眾人沒有反對的理由。火火撇下蜜涅瓦，扶起奧丁坐上了一隻在樹下的雪橇。

太子下馬，把蜜涅瓦拉了一把靠向自己：「他這人真自私，只顧自己尋找神石，卻完全不過問朋友安危。他可知道，一個女人在這地方有多危險？你甚至幾乎送命……」

蜜涅瓦回眸，深深地看向他。「父王是愛護我的。他會認同我的。」

每一次，當蜜涅瓦看見太子的冷靜，她總會想起這句說話。這位堅強的太子，他的內心，是多麼的孤單。

這位外表冰冷得可以殺死巨龍的神族太子，會如此在乎一個平凡的人類。她的心裏，感動得想流淚。

大軍殿後，跟隨大家來到北方最大的城鎮：拉普蘭。很多人在這裏等候被擄掠的家人，一大批工匠看見父母兄長妻子，連滾帶跑上前激動互相擁抱，破涕為笑。他們看見負傷的奧丁和火火，紛紛上前圍攏，你一言我一語：「謝謝英雄！你們是我們的大英雄，比得上偉大的神明！」

奧丁在簡陋的雪橇上揮揮手：「沒事了，這一切結束了。這個月以來被魔族捉走的工匠都救回，全賴各部族的獵人齊心，如今可以一家團聚。」

奧丁吩咐伊爾瑪利寧把大家快快安頓，又拜託拉普蘭的婦女們準備一些鹿肉湯給工匠們暖暖胃。

此時，太子堂皇大軍尾隨入城，令拉普蘭的居民有點吃驚。北部領土的女王，是一位法力強大的女巫，她只需要法力，不用軍隊。所以，他們從沒有見過這麼多士兵，手持兵器，整齊列陣。

「你看，拉普蘭的人，五觀分明，皮膚白皙，多麼漂亮。」蜜涅瓦跟太子說。太子不以為意，心裏只是在想：火火比他早了一步，在這裏建立的名聲，而且似乎遠遠超出他預期。他要怎麼做，才能逆轉局面？

大軍在城門附近駐紮，佛諾帶了太子和蜜涅瓦前往鎮上的小旅館休息。當他們走進木屋，聽到伊爾瑪利寧在說話：「這不奇怪嗎？」

佛諾開口：「你們在談甚麼？」奧丁抬頭，他的左眼戴上了用鹿皮製好的眼罩，把受傷的眼睛蓋好。他說：「魔族擄掠大批奴隸，並不是為了挖礦。」

「他們都是工匠，莫非是為了建城？」蜜涅瓦忍不住插嘴。火火看她一眼，又垂下眼睛說：「不是。」伊爾瑪利寧臉上露出驚懼：「還好，我們及時救出大家。魔族要他們做一件東西。如果做不到，七日之內，一一處決。」

屋內的每一張臉，爬滿了疑惑的符號。

# 第十四章 婁希

在拉普蘭北部，是波赫約拉冰雪城堡，有一個女人躲在圓錐形小屋裏。她躺在這樣的小屋內，可以看到小屋屋頂的中心，並穿過屋頂中間圓形煙孔，看旋轉的星空。她身上穿着鮮艷色彩麻布，天藍色上衣的領口、前襟、肩部、袖口和下襬，都有金黃和大紅兩色相間的花邊。她的頭上，一年到晚都戴着鑲有花邊的紅色遮耳帽。

正在觀察天上星象的她，知道有一隊由奧丁領導殘存破風使者，到處和魔族大軍對壘，殺掉許多亡靈。奧丁接着又攻下數個城市，解放不少奴隸。與此同時，一支外來軍隊，趕走了在附近燒殺擄掠薩米人的魔族。

一眾人類想推舉奧丁，成為拉普蘭的領袖。但奧丁想也不想，推舉了另一位能夠殺死窮奇的孩子。他的名字，叫火火。奧丁覺得，他才是真正的慧心神。火火無法推卻，為紀念她的母親，把這大片土地命名溪水國。

這些，她都看在眼裏，然而，對她來説，這不過是人類之間幼稚的畫地為界，對她毫無意義。因為，整片北方大地，都是屬於她。婁希是法力高強的女巫，而且非常貪婪，她有大弓強箭，也有長矛大刀。雪城堡外有一隻木製巨鷹，是隱形武器；沒有人會靠近。

距離冰雪城堡所在不遠處，是世界之樹的根部所在。即使近在咫尺，婁希卻從未見過世界之樹。在古老詩歌中，這是附着在極星上的樹。它保持天空向上，星星圍繞它旋轉。可是，世界之樹不允許女巫靠近，更不容凡人接近。唯一曾經接近它的神族，是五百年前統一九個部族的雪皇，他叫太昊。但他死後，天下再度四分五裂。

她得不到的東西，決不讓他人得到。她決定獨霸這個雪皇的城堡，不容任何神魔侵擾世界之樹。

「母親？」瑪麗雅達裹着長及腳踝的白熊皮毛披風，在圓錐形小屋外探問。瑪麗雅達是波赫約拉最漂亮的少女。她美艷絕倫，冰肌玉骨，楚楚動人。來自世界各地的神族和英雄，都想娶她為妻，包括冒險家和智者；但他們卻沒辦法達成婁希的要求。

婁希要求，娶瑪麗雅達的人必需用「手藝」，而非神力或魔法，去鑄造一個三寶磨。她心目中的三寶磨，是一個能磨出麥子、鹽和金錢的神磨。這個三寶磨的蓋子，是天穹的象徵，要有圍繞着世界的中心軸旋轉的星星。

可惜，到目前為止，沒有人可以做到。

婁希煩躁地打開門，跟瑪麗雅達說：「你的姐姐們都出嫁了。以往，無論我提出甚麼要求，總有人可以達到。惟有你，無人問津。又或者，說喜歡你的男人都不夠愛你，所以，無法做出三寶磨。」

瑪麗雅達心裏嘆氣：是你的奇怪要求一個比一個難，與我何干？婁希猜度出她的心意，揚起闊袍大袖，破口大罵：「如果沒有人娶你，你就乖乖留在波赫約拉，陪我一萬年！」

婁希曾經是一個航海者，她的船叫波赫約拉。她統領北方許多部落，裝備了最強大的戰艦，上面有她的禁衛軍，有一百個用劍的英雄，和一千個弓箭手。他們守在戰艦，專長是能快速架起桅杆和船塢。在桅杆上，她的亞麻布帆像天上的雲一樣懸掛，在波赫約拉海洋中航行。

薩米族有一位英雄名叫萬奈摩寧，他精力充沛，想趕走縱横四海的她。他找到了火種盒，從盒子裏拿起火石，火種中有一些碎片，將碎片撒在水面上，想借助洶湧的巨浪，令波赫約拉戰艦與千人軍團，在山頂上撞毀。

那一刻，珊瑚礁立即出現，海上湧出一座山，穿過水面。洪水過後，波赫約拉沒有沉毀，沿着山壁航行，固定在水中岩石上，在深海中的最高峰擱淺。婁希試圖解救自己；但是她不能舉起戰艦。戰艦牢牢地固定在山上；船的肋骨碎了，舵碎了，被毀的是船，但沒有毀掉波赫約拉。

婁希心灰氣餒，但她很快重拾鬥志。她改變了船的形態，使它變成另一個身體：用五根尖銳的鐵鐮刀做成鷹爪；用船體做成鷹的骨架；拿走船的肋骨和地板使它們成為翅膀和胸甲；她用舵為它塑造尾巴。她在它的翅膀上種了一千件弓箭，彷彿是一千個魔法弓箭手。波赫約拉像怪物一樣崛起，這頭巨鷹高高飛翔，飛翔。她用一隻翅膀掃過天空，而另一隻席捲水域。她把大地命名為波赫約拉，告訴人類她是優秀的創造者，愛與憐憫之神。她會庇護和保護他們，忠實的部落可以繁榮。殺人的霜降可會離開他們，破壞性的冰雹很快過去。永遠不要害怕月光閃耀的時候，太陽會帶來金色的祝福，給北方平原。

這地方的人崇拜巨木，認為世界之樹構成並連接起神祇、巨人、精靈、人類和亡者等九個世界。最初，混沌中誕生了巨人和諸神，他們世代敵對。諸神以巨人身體和血，製成天空、土地、山脈、樹木與河流，孕育出精靈、矮人、妖精和人類。

至於魔族，很少和北方的神祇、巨人、精靈或女巫打交道。

幾天前，大祭司居然來過。

萬里晴空，但是在黑暗的地平線後面，烏雲在升起。一息間，整個雪堡被籠罩在灰色的天幕下。陰森的男聲響徹雲霄：「你好，婁希女王。」婁希笑逐顏開：「人人叫我女巫，你叫我女王，多悦耳！」

「你當然是王，整片北部土地，都是你的。」大祭司的臉頰浮現在波譎雲詭之中，似笑非笑。

「廢話少說。」婁希性格孤僻，從不買任何人的賬。「到底想怎樣？」

「全世界都知道你有很多美麗的女兒，受到世人熱烈追捧。我奉壁土國皇后之命，想替她的太子提親，娶你的小女兒瑪麗雅達。」

婁希笑了：「有趣有趣。到底為甚麼堂堂大祭司淪為神族媒人？」

「這你不用知道。」一向目中無人的大祭司冷不防被她挖苦，大感不悅。烏雲的後方，引發陣陣雷聲和冰雹。

婁希一點也沒有被嚇倒，反而說：「我才沒空閒理你的事。話說回來，只要做得出我要的寶物，管他是人是鬼，我無所謂。」

「北方女王果然是名不虛傳，冰雪心腸。女兒，只是用來換寶貝。」

婁希聳聳肩：「你交得出三寶磨？」

大祭司大笑：「我把所有工匠都抓了，他們自然會幫我做。我來是跟你打個招呼，順便告訴你，你的未來女婿，太子殿下，將要進入你的領地。」

婁希揮一揮鑲嵌了金黃和大紅兩色相間花邊的大袍袖，一縷綠螢光在天幕上乍現。她冷笑：「看來，你的如意算盤並不能打響。」

大祭司凸出的眼睛骨碌一溜，但見破風使者在大雪谷和亡靈廝殺。一大班工匠被釋放，他非常生氣，呼一聲離開了波赫約拉的天空。

空中驟然放晴，婁希深邃的看向藍天，眼中流露出貪婪的神色：壁土國太子？

# 第十五章 伊爾瑪利寧

鐵匠，是把燒得通紅的鐵塊，嫻熟自如地捶打成各種刀具的工匠。在北方，像沒獵人就沒糧食一樣，如果沒有鐵匠，生活恐怕會不能想像。鐵匠造品包羅萬有：斧頭、刀劍、菜刀、剪刀、鑿子、刨子、鋤頭、砍刀、魚叉等等。

伊爾瑪利寧是全國最好鐵匠之一，獨門冶煉技術世代相傳。每天在他的家門外，會聽到「叮叮噹噹」打鐵的聲音。祖輩以打鐵為生，在耳濡目染下，他自幼就在父親的身後拉風箱、學習打鐵技藝。每個鐵匠用的錘子實在有所不用，他用的是橢圓的，人家的是方形的。如今，他拿起錘子，想起去世不久的父親，不期然想起他的說話。「拉風箱、打鐵、淬火，每一步都是技術，也是成為一名鐵匠必須具備的基本功。」伊爾瑪利寧雖然年輕，但鄉親們最喜歡找他打鐵。他會堅持為大家打造最好的鐵製品。

他深知道，打鐵不只是煉鐵，更是「煉」技術。這種工藝，雖然看似簡單，但並不易學。要鍛打的鐵器先在火爐中燒紅，然後移到大鐵墩上，再握大錘進行鍛打。在鍛打過程中，上手要憑目測不斷翻動鐵料，使之能將方鐵打成圓鐵棒，或將粗鐵棍打成細長鐵棍。在伊爾瑪利寧手中，煉鐵經過取料、打胚、下鋼、成形、打磨、淬火等工序，每個步驟都講究，特別是火喉的掌握，不是太軟，便是易斷。每把斧頭，最多換來半隻羊腿果腹，卻要耗費幾個小時。

伊爾瑪利寧住的只是一間破房子，屋子正中放個大火爐，爐邊架一風箱，風箱一拉，風進火爐，爐膛內火苗直躥。這間四面透風的房子，一火爐、一鋼砧、一風箱，幾把大小鐵錘就是伊爾瑪利寧的全部家當。

在他身旁的火火，看着他黑紅的臉膛，結實的腱子肉，一臉沉默寡言，高高地舉起大鐵錘，穩穩地擊在通紅的鐵塊上，一下下煉打，火星箭似四處迸濺着，似絢麗的小花，煞是好看。

「你有信心做到三寶磨？」火火問伊爾瑪利寧。伊爾瑪利寧聳聳肩：「我不知道。就像，我不知道自己是否應該求娶瑪麗雅達。」

本來，他無需要做三寶磨。

事緣於，他們知道，魔族為了製造三寶磨，而擄掠工匠，實在感到髮指。奧丁此戰險勝，失去了一隻眼睛。他擔心，如此下去，若魔族死心不息，捲土重來，再次大規模捉走工匠，他們這班破風使者，未必能長期作戰。

火火在嘆氣：「而令我更擔心的是，萬一魔族娶了瑪麗雅達，很可能掌控北方領土。到時，必定民不聊生……」

當時，旅館大廳中很安靜，佛諾看一眼在旁歇息的太子。

在不久之前，拉普蘭大選，太子曾打算以其雄厚軍力，一爭領主之位。他知道奧丁得民心，所以曾向他說，自己將會以領主名義，支持奧丁，把領地給他繼承。但最後，奧丁還是讓火火選上首領，打亂了他的計劃。

太子一直深深不忿：他自問，才智必然在火火之上，居然不能奪得這個首領之位。他見無計可施，不禁開腔：「要制止他們的最好方法，自然是——捷足先登。」

火火眼睛一亮：「你意思是，我們自己做三寶磨。」這無疑是最好的方法，一箭雙鵰。如此，魔族不但不會鍥而不捨抓工匠去做此神器；更失去了迎娶婁希女兒的資格。

眾人的目光，不期然落在伊爾瑪利寧的身上。從匠一刻開始，伊爾瑪利寧明白，他要做出三寶磨，才能救整族薩米人。

如今，他用小坩鍋化鐵水，做了一個鐵磨。磨底墊厚布，用小勺舀鐵水，從磨上灌入，再用布卷一接，兩手一擠，磨就做成了。然而，婁希要的是一個神器，要能磨出麥子、鹽和金錢的神磨。

「這個三寶磨的蓋子，是天穹的象徵，要有圍繞着世界的中心軸旋轉的星星。」在只有伊爾瑪利寧和火火的破房子，他迷惑地說：「我不知道怎做這蓋子。從小我看到的是北方的夜空，但要找出世界的中心，東南西北的中央，是壁土國。這會否指位處中原所見的星象？可惜，我從未離開過北方……」

火火在過去漫長的山林生活，最常做的是獨自在夜空觀星。與他一起成長的蜜涅瓦，是夜貓子，最喜歡晚上活動。有時候，會來找他夜遊甘棗山。兩人分開了一段時間，卻不再是從前形影不離的好朋友。如今，她的身邊多了一個人。

火火用燒焦的鐵筆，在沙地上描畫。「星圖大概如此。」他專注地一點一線繪畫，接近凌晨時分，在他面前出現了一幅龐大的夜空星象。伊爾瑪利寧難以相信這一切：火火把天空搬到地上。「我會參照此圖打造三寶磨的蓋子。」他一邊送走火火，一邊打着呵欠。

正當火火要推開房子的門離開，他忽然止住：「不對，你不應該用這幅圖。你要用溪水國的北方夜空。」

伊爾瑪利寧一臉疑惑，火火跟他說：「世界的中心軸，不是中土，而是世界之樹！這個巨木的枝幹，構成了整個世界。所以，你應該以拉普蘭地區的星象作準。」伊爾瑪利寧恍然大悟：「我明白了，馬上就畫。」他精神抖擻，拿起鐵筆。

火火離開之前，把帶來的新衣裳給他穿上：「夜涼，你的衣服都很舊；右褲腳上的一個破洞還別了一支別針。我叫城裏的嬷嬷給你做這套過冬。不准脱下來！」伊爾瑪利寧感動地看着火火。

之後，伊爾瑪利寧畫了接近一整夜。

時值破曉，一幅溪水國星圖呈現眼前。他拿起鎚子，噹噹打了幾下，就在這時，他看見有一個人影站在房子的破窗外。「是誰？」對方沒回應，一動不動。他隨手拿起鐵匕首，衝出房子，以迅雷不及掩耳的速度，用鋒利的匕首架在對方頸上，用全身把對方壓在房子的外牆。

天際魚肚白漸現，大地亮起。這裏着白熊皮毛的人，披風的帽子滑下，伊爾瑪利寧眼前，是一張擁有剪水雙瞳的美人胚子。他的鼻尖，就在她驚惶的抖顫着的眼睫毛跟前。兩人嘴巴呼出的熱氣，在雙方的視線中與冷空氣交纏。四目交投的一刻，彷彿地動天搖。

伊爾瑪利寧面紅耳赤，馬上鬆開手，這位女子嗆咳了幾聲，抬起靈動的眼睛問他：「有沒有暖水？」

伊爾瑪利寧馬上把她迎進他的房子。當她驟然出現在他亂七八糟的打鐵作坊，伊爾瑪利寧第一次感到有點無地自容。然而，她的面容上居然並沒有一絲輕蔑。

她坐在一塊木頭上，如仙女下凡般成為房間內的唯一亮點。她緩緩放下不剩一滴水的木碗，微笑地看向伊爾瑪利寧。

「我跟隨着打鐵聲而來。找你，是為了給你這個魔法包袱，裏面有：天鵝的羽毛，大麥的玉米，羊毛的球，一滴牛奶和一串雜物。它們可以組成三寶磨，成為製造鹽、食物和金錢的微型作坊。」

伊爾瑪利寧的臉上，露出難以形容的神色。兩人的目光，深深注視着對方。

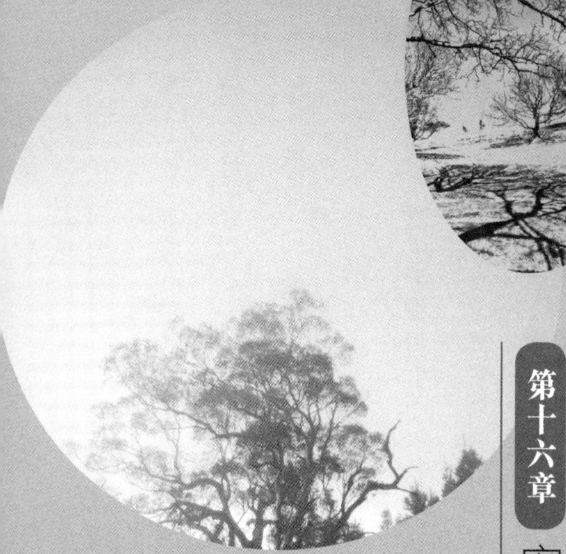

# 第十六章

# 蜜涅瓦

寒風下的早晨，滿天獵鷹在白楊樹林上空盤旋。蜜涅瓦想起自己的貓頭鷹，不知道牠現在在甚麼地方。

蜜涅瓦走出屋外散步，在路上遇見一個女子。她是典型的薩米人，擁有一頭金髮和高䠷身形，亮白得發光的臉頰，在陽光下紅粉緋緋。

對方遙遠地瞪着蜜涅瓦這張來自中原的臉龐，同樣覺得很好奇。在白楊樹林下，兩個素未謀面的少女，打量對方好一段時間。終於，先是瑪麗雅達微笑。

她的笑聲，比冬日陽光更暖。蜜涅瓦看着她走近，用清脆悅耳的聲音問自己：「你一個人？是迷路了嗎？要不要我幫忙？」

蜜涅瓦搖頭：「謝謝你。你住在附近？」

她說：「從我家來這裏，並不遠。」她想了一想，問道：「你是否跟隨壁土國的隊伍而來？」蜜涅瓦一愣：「你怎知道是壁土國？」

「據說，壁土國的太子是來找婁希女王的。」

蜜涅瓦皺眉，原來，太子不是來救她？回心一想：的確，少典國王怎可能讓兒子調動皇軍，千里迢迢來北方，為了一個民女？

她的內心被擾亂了：「太子來這裏是另有目的？」

少女點頭，有點靦覥：「他是來娶婁希女王的小女兒的。」蜜涅瓦一怔：甚麼？他不是喜歡自己嗎？難不成，只是自己表錯情？

少女看出她有心事：「你，沒甚麼吧？」

蜜涅瓦抬起眼睛，一種不安，忽地升上胸臆。「你是誰？是不是從婁希女王那裏來的人？」

少女頓了一頓：「如果要娶女王的小女兒，就要有三寶磨。我是……來找太子，給他一些東西。」

「你已見過他？」

少女點頭：「黎明時分，萬籟俱寂。我沿着叮叮噹噹的聲音，找到了他。」蜜涅瓦心生疑惑：為何太子在鐵坊？

少女看向藍天：「他的眼睛很漂亮……像天上的太陽。」她憶想，他當時身穿嶄新的青布棉襖棉褲，頭上還包着一塊雪白毛巾；棕色頭髮用花布條子扎兩條短辮子。

蜜涅瓦的心裏一沉。眼前這人，明顯地對太子心生傾慕。如果，她不是別人，而是……

她倒抽一口冷氣，問她：「你是否婁希的小女兒？」

少女一愣，然後微笑：「中土女人，的確比較聰穎。」她用手拉緊一下白熊皮毛披風。「沒錯，我是瑪麗雅達。時間不早了，我要在母親醒來前回去。再見。」

話還未說完，一隻九頭鳥在半空拍翼盤旋。

「你快點離開吧。牠是九鳳，來接我，是一隻惡鳥，能侵入民宅，消融人類魂魄。牠原本有十個頭，但是後來被天犬咬去一個，成為九頭。但是斷掉的地方，仍然時常流血。如果被血滴到，你就會成為牠的目標。所以，一般人怕被血沾染，倘若發現牠飛在空中，會躲藏在屋內，待牠離開。」

蜜涅瓦聞言跑回旅館，瑪麗雅達一躍而上九鳳的背，消失於雪山之後。

蜜涅瓦一口氣跑到最接近旅館的鐵坊。晨光曦微，尚有很多工匠在夢中。她一步步走近，聽得裏面叮叮噹噹。她的心噗通噗通地跳，緩緩推開門。吱——

一個魁梧的男人背影映入眼簾，他正在打鐵，手中是閃亮的青銅劍。他聽到聲響，回頭一望，見是蜜涅瓦，亮起白皙的牙齒，笑逐顏開：「怎麼來了？」

「你親手打劍？」她沒想到太子真的在這裏，有點激動。

「嗯。太昊劍是神族家傳寶劍，不能假手於人。」他的目光停駐在鋒芒畢露的劍尖，並沒留意蜜涅瓦的表情有異。「剛才，可有人來過？」

「誰？」太子目不轉睛檢視自己的銅劍。

「一個女人。」蜜涅瓦說。太子感到有點錯愕：「你想問甚麼？」

「你為甚麼迴避？」蜜涅瓦反問。她的腦海裏，浮現剛才瑪麗雅達楚楚動人的俏容。

「除了你，這裏沒其他女人。除了你，我沒其他女人。」太子面露不悅，揮袖離開鐵坊。

蜜涅瓦聽到他清清楚楚說，自己是他的唯一。她喃喃自語：對，我為甚麼懷疑他？然而她卻發覺，在愛情的國度裏，誰不瘋狂、誰不嫉妒？漸漸不安的心緒恍若飄落的雪絮，輕輕一撩撥，又囂張地漫天飛舞，待風靜絮落，卻教人沾惹了一身愁。

她跟在他身後走出屋外，這時，一位士兵前來報告：「太子，婁希女巫的使者來了。」太子點頭示意來者上前。

他們眼前出現一個駝背的老婦人：「太子殿下。」太子一臉狐惑，看向她：「婁希的旨意是甚麼？」

老婦人沒有抬頭，她放下一隻鐵籠，內有一隻動物：「山中有一種野獸，形狀像一般的老鼠，卻長着兔子的腦袋和麋鹿的耳朵，發出的聲音如同狗叫，用尾巴飛行，叫耳鼠。既然有人為你說媒，我主人對你非常感興趣。因此，邀請你來冰雪堡一聚，你跟着牠就可以找到入口。」

太子沉色：「你是說，我想娶婁希的女兒？」他看了身旁的蜜涅瓦一眼，她不發一言，臉上沒有一點表情，甚至連她高興還是不高興亦無從分辨。

「只要娶到我……主人的小女兒，你自然可以統領北方。這不是比你父親的功業，更偉大嗎？」老婦人吃吃地笑。

太子緊緊握拳，這老婦人說中了他的心事。「我想知道，是誰為我說媒？」太子踏前一步，輕輕用手抬起老婦人的下巴。她深陷的眼窩令爬滿皺紋的五觀更見詭異。

她掀起嘴角，露出發黃的牙齒，用喉嚨低沉地發聲：「大—祭—師！」

太子嚇得馬上鬆開原本握緊的拳頭，怔忡地看着老婦人離開。

# 第十七章 瑪麗雅達

當瑪麗雅達回到城堡，想起一刻近距離的相視，她按捺不住對太子的牽掛。

這一夜，她再次叫喚九鳳，她來到上次的鐵坊，在窗外偷偷看他。屋外雪雨交加、雷電交錯，她不禁開始懊惱自己沒有多加思慮，就跑到這裏來。

這時，門忽然打開，男人用強壯的手臂把她拉進屋裏。「我等你好久了。」他用近乎聽不到的聲線説。

山風夾雜着雪雨，加上他如此一句，瑪麗雅達原本忐忑不安的心更加慌亂。

他關好門戶：「這麼大雪，你今次來又有東西給我？」他邊説邊脱掉被大雪打濕的上衣。瑪麗雅達未見過男人在自己面前打赤膊，她頓時面紅耳赤，費力地喘息，一顆心幾乎要跳出來。

這情況似乎有點尷尬。幸好，熔爐的殘溫，令兩人感到放鬆下來。男人告訴她，已經做好了三寶磨。而且，他即將起程，前往冰雪堡娶她。

瑪麗雅達告訴眼前這男人，自己是多麼想擺脫她的母后，愈說愈傷心，梨花帶雨。

男人緊緊抱住了她，跟她説：「我就是你的英雄，我會把你帶走。」她聽着覺得感動，用一雙柔若無骨的纖纖玉手，由他的背穿過腋下直撫上他寬闊結實的胸膛。

瑪麗雅達的姐姐嫁的不是天神就是英雄，由母親安排，不能反對。母親告訴她有一位太子想娶她，她反而想偷偷先來見一見這男人。也許因為他是命中注定，邱比特愛神才會一箭狠狠射中瑪麗雅達的心，教瑪麗雅達對他一見鍾情，卻又深情無悔。

他察覺雙臂圈着的這位美人，拚命往他的懷裏鑽，他疑惑地伸手抬起她的小臉：「怎麼了？」

他聽見她牙齒咯咯作響的聲音，心疼地收緊雙臂擁着直打哆嗦的她。

「你真是不懂得照顧自己，明知下大雪就別來。」他瞧着她消瘦的雙腿直皺眉。

「我……」瑪麗雅達的喉嚨，像是被東西噎住似的說不出話來。她的唇，被眼前的男人用嘴封上了。

暴風雪之後的雪地，份外澄明。白亮無垠，我見猶憐。

瑪麗雅達回到波赫約拉冰雪城堡，想馬上告訴母親，非這太子不嫁。

她直奔往母親常常逗留的圓錐形小屋，甫踏入門檻，便被眼前的所見止住：母親正在接待另一個女人。

「剛剛說起你，你便來到。」她母親向她招手。「來，見過壁土國皇后。」

瑪麗雅達一怔，壁土國皇后？是太子的母親？她緊張得手心冒汗，垂下眼眸，盯着壁土國皇后鑲嵌着紅玉的長裙下襬。

「是瑪麗雅達嗎？果然是長得標致，而且舉止含蓄，不似其他那些山野女孩。」壁土國皇后附寶看着眼前的她。

附寶本來是希望大祭師的亡靈大軍捉走迷路的蜜涅瓦，困她一世好，殺了也好，怎麼都好。當時並不知道，大祭師當時正進行另一計劃：他得知婁希招婿，便派軍到北部各處擄掠工匠製造三寶磨。但，大祭師亦有顧慮，怕狡詐的婁希不會讓他娶她的女兒。如此，他便無法令嫁妝箱，離開受巫術保護的冰雪堡。

與此同時，當附寶知道太子救了蜜涅瓦並與她同在，內心震怒。大祭師將計就計，想為太子娶得婁希的女兒。到時，不但取得藏在嫁妝箱內的彩石，更因為太子成為女婿，控制了北方。將來統一天下，大祭師便會叫附寶兑現二十年前誓約，償還給她懷下太子的代價，讓他取而代之。

瑪麗雅達抬起清澈眼睛，和附寶的目光接上。對方的眼眸中充滿難以解讀的想法，令她有點害怕。這是太子的母親？附寶和昨晚與自己互訴衷情的男人，完全是來自不同世界的人。

附寶用凌厲的眼神看向婁希：「你這小女兒真的美得不可方物，但願我兒子有這福份。」婁希嘿嘿大笑：「能不能夠做太子妃，是我女兒的命。我要的，是三寶磨。天下誰人做得到，我自然信守承諾。」

瑪麗雅達這時搶着回答：「他一定可以做到。」

附寶和婁希冷不防聽她有此一説，怔怔交換眼神，相視而笑。

「看來，良緣天定。」附寶臉上堆滿笑容。

婁希回復淡然：「一句到尾，我看見三寶磨才定親。」

附寶放鬆面容：「我第一次來北方，原是為了見一見你這小女兒；來到這裏，才知道雪國美不勝收。」

婁希揚聲：「既然如此，留在冰雪城堡小住？反正，我已邀請你兒子來一聚。」她深陷的眼眶似笑非笑：她想起自己喬裝成老婆婆，放下耳鼠給他引路。

附寶想也不想便答應了。她心裏有個如意算盤：暫時留在這裏，在太子和瑪麗雅達結婚之時，借機會殺死蜜涅瓦。如此，蜜涅瓦永遠不能再入宮做太子的妃嬪，而且她會製造場景，令兇案和自己無關。

婁希叫瑪麗雅達帶附寶到客房。客房有一個圓圓的屋頂，是冰造，彷彿住在透明的屋簷下。瑪麗雅達介紹：「這就是母親為了讓人躺在溫暖被窩裏，也能看到天上繁星。這裏有暖爐，侍從會來加炭。住在這裏的人，既能與外界相連，又不會挨冷。最奇妙的是這張床，用上了母親的巫法，明明是雪磚所做，卻一點也不冷，和暖而不化，你一定會喜歡。」

瑪麗雅達微笑：「我就是在寒冷冬季裏，躺在溫暖的床上，仰望北極的夜空，展開最美妙的幻想。只要睜開眼睛，就能看到滿天繁星，還有，可遇不可求的精靈極光，從你頭頂劃過……」

附寶滿心歡喜看着眼前思想簡單的少女。

瑪麗雅達這時囑咐：「皇后殿下，有你的隨從保護，你大可以四處走動。但是，千萬要留心河流。」

「嗯？」附寶揚眉。

瑪麗雅達指向遠方一條小河：「歷虢水從這座山發源，然後向東流入中土大河，水中有師魚，人吃了牠的肉就會中毒，必死無疑。」

「千萬別讓隨從到河裏捉魚。」瑪麗雅達一臉嚴肅。

附寶一聽，喜出望外：她的腦海裏馬上浮現出一個計劃。

# 第十八章 太子

太子把昨天重煉的青銅劍收好。「太昊劍」並不是一般的劍，它鋼鐵深處的波紋，是鍛冶時千錘百煉的印記。它是天地初開以前，在火山下冶煉而成，當時神族鐵匠不僅用鑿錘冶鐵，更用法術來塑形。它的名字則源遠流長，乃是襲自他祖父太昊之名，在五百年前，他是天下唯一的君王。

太昊帶領族人找到草長水豐的土地，建都繁衍生息。他定四海，統領九大部落。如此偉大的君王事跡，卻銷聲匿跡。主要是因為，少典不及太昊，繼位後國土四分五裂。他不想被比下去，所以禁止人民議論及傳頌，保其神族顏面。

在他父王——少典國君心目中，總是對這位唯一的兒子表現多疑。太子深信，唯一令父王信任自己的方法，是證明自己的能力。

太子完全不能理解，為甚麼大祭師和自己有關連。這已經不是第一次，曾經身處多次險境，都受庇蔭。明明是神族的他，怎能和魔族為伍？

如今，對方更為他說媒……難不成，他所以要四處把工匠抓起來，亦是處心積慮，為他而做三寶磨？

「只要娶到我……主人的小女兒，你自然可以統領北方。這不是比你父親的功業，更偉大嗎？」那老婦人的說話，在他腦海裏縈迴不散。

他的內心充滿矛盾。老婦人沒有說錯，對他來說，要的只是功績。他並不在乎王位，他在乎的，是父親的信任。然而，蜜涅瓦聽到這一切，她必然有所誤解。

此刻，他很想念蜜涅瓦。

他來到蜜涅瓦的房間，發現並沒有人。他坐下來等她。他心裏明白，能令自己神魂顛倒的人，只有蜜涅瓦。如果他真的去娶別的女人，蜜涅瓦會否很生氣？

不，蜜涅瓦應該會明白自己：他努力爭取機會，做出成績，都是為了要表現給少典國君看。他可以向蜜涅瓦立誓，不會對那女人動真情，他甚至不會觸碰她。這樣的話，可以嗎？

當夕陽的餘暉爬上了土牆，他才驚覺，自己已經等了一整個下午。她去了哪裏？重遇之後，除了分房就寢，她未嘗離開他超過半天。她……是在迴避自己嗎？還是，遇上甚麼危險？他忽然回想到窮奇曾經把她擄走，今次可會又是魔族所為？

這一下，非同小可，他幾乎反轉整間旅館，卻仍然遍尋不獲。

此時，他聽到在不遠處森林裏，有打鬥聲。他握了一下銅劍的手柄，念及可能是蜜涅瓦，單獨跑了過去。

此起彼落的雪堆從樹頂落下，沙沙——沙沙——

「你的確大有進步。」太子還未看見練武的人，蜜涅瓦的聲音已經在前方響起。他馬上隱藏在大松樹後。

「不過，即使你的弓箭再快，亦未必能制衡對手。從前在甘棗林侍奉蓋亞女神，她說冰矛是一種很厲害的武器。它是一種使用冰攻擊敵人的巫術。使出巫術的人，能將周圍的水蒸氣急速凝結成冰塊，連續攻擊向敵人。寒氣會使人類體內的血液流動緩慢，而導致麻痺現象，這種麻痺又會帶來疲勞，這樣一來，全身的熱量就會開始流失，生命逐漸消退，直至死亡。它不但會致命，而且在一定時間內能使敵人的移動速度變慢。使用冰矛，準備時間雖然相對比較長，但可以瞬間發射攻擊，是射速最快的巫術。如果你遇見她，要隨時注意她的動向。冰矛是會在弓箭手還在準備時就飛過來；在你還在痛苦時會連續打過來的恐怖巫術。」蜜涅瓦有條不紊地說。

「謝謝你告訴我這些。溪水國寒冷的天氣，帶給人類的是一種恐懼。風雪滿天的酷寒，給人們帶來死亡。所以，我把國名重新命名，希望冰雪化成溪流。既然趕走了魔族，人民安居樂業，我是時候出發去波赫約拉。」

這個說話的人，竟然是火火！

他話未說完，又向漆黑的叢林，連發了幾箭。這時，幾隻鳥應聲墜地。「這種山中禽鳥，喜歡成群棲息而又結隊飛行，尾巴與野雞相似，名叫鴳。如果我預先吃了牠的肉，就能預防風痹病，減少被痲痹而令全身的熱量流失致死。」火火微笑。

「奧丁上次在眾人面前說，你殺死了窮奇，用的是火的力量？」蜜涅瓦皺起鼻尖問。火火點頭。

太子沉思：太陽的能量是無窮無盡的，他的力量一定來自太陽能量。如此，就可以在對手周圍燃起小火球，再將火球釋放出去，被擊中的物體便會燃燒。當他修煉愈久，火燄的威力必定愈來愈大。

蜜涅瓦從懷中捧出一隻小動物：「那麼，你明天就帶着牠，和伊爾瑪利寧一起出發吧。他是太子的，可以帶你們到波赫約拉的冰雪城堡。」

太子一怔：牠不是別的甚麼，而是昨天老婦人放下的小耳鼠！她怎能私下把牠給了火火？

太子怒不可遏，這是背叛！難道她早已居心叵測，接近他是另有所圖？在冰冷的寒風中，他的臉頰卻是出奇的熱燙。

他第一次感到內心無法平靜，他巴不得馬上前去向她質問個明白。

這時，火火一句說話，擊中他的內心。

「蜜涅瓦，你不是很喜歡他嗎？為甚麼把他的東西給我？」火火小心翼翼撫摸小耳鼠的毛。

蜜涅瓦頓了一頓：「正是因為喜歡，我才不懂得選擇。我知道，他的功名，比兒女私情重要。如果他娶了北國的女兒，他很有機會統一中原和北部兩國。再連同之前已經籠絡過的南方和西方，以他的能力，絕對可以統一天下。」

火火重重點頭：「明白了。你的理性告訴自己應該讓他去波赫約拉；但感知卻緊緊拉着你後腿——你不願意讓愛。」

蜜涅瓦失笑：「看，老朋友就是我們這種：心照不宣。對，我不想太子和我為此失和，與其必須選擇，不如沒有選擇？」

太子此刻化悲為喜：原來，蜜涅瓦心裏已經有他……

就在此時，天上颳起狂風，雷電交加。

這不是尋常雷電，看來，有人以神力做出雷電。被電流擊中的人，會十分痛苦。使用雷電魔法，可以製作出強大的連鎖反應效果，能量達到最高時，會天崩地裂。

這個能連續施展雷電神力的人，太子最認識不過了。她會使雲中的電壓變高，放射出很強力的雷。

「太子，跟我走。」附寶的聲音，劃破森林。

# 第十九章 火火

火火沒想到會在雪國晚上遇上雷擊，正是驚訝之際，竟然聽到一把女聲。蜜涅瓦比他更驚訝，恍若被雷聲嚇壞，唸唸有詞：太子？她心裏害怕，馬上後退了幾步。

正好，背脊碰上一株大松樹。她猛然轉身，看見漆黑中浮起一張熟悉的臉。那人踏前一步，剛好和蜜涅瓦面對面，四目交投。

火火見是太子，看着手上的小耳鼠有點不知所措。太子的眼光從蜜涅瓦狐惑的臉龐移開，雷霆萬鈞，太子下意識地感到危險，轉向火火：「是我母后，她能控制雷電，快帶蜜涅瓦走。」

但說時遲那時快，附寶在眼前出現。她和大批軍隊，包圍了森林。火火馬上把小耳鼠收進自己口袋，免被人看見。

「太子。」附寶來到三人面前。

當她第一眼看見自己，火火察覺到對方的目光鋒利地瞪着自己。附寶緊緊皺起眉頭沉思，彷彿火火是她一個認識的人：「你的眉目，和那人一樣……你是誰？」

這時，佛諾不知從哪裏聽到異動，跑到森林這裏，飛躍到火火的身邊。佛諾朗聲：「他是溪水國的新領袖，名叫火火。你這婦人，休得無禮！」

「笑話，我堂堂壁土國皇后，難不成要怕你一個小子？」

太子下意識把手臂，搭在蜜涅瓦的肩膀護着她。附寶的目光從火火轉移到太子身上：「太子，我們回去了。」

「母后，我現在不能回壁土國，我……尚有正事要辦。」太子第一次反抗附寶的決定。附寶一怔，很快又平靜地說：「我當然不是想你現在回家。我只是叫你跟我去波赫約拉冰雪城堡，可以在娶瑪麗雅達之前，先去見見婁希。你和她既然情投意合，她母親一定成人之美。」

火火看見蜜涅瓦臉色刷白，看向太子。太子的眼睛充滿疑惑：「母后，我沒有……」

附寶先聲奪人：「沒有三寶磨並不礙事，你將來隨便拿一個甚麼鐵磨，給她充當，她是女巫，自然會令她變成寶物。」

火火看向懂得讀心術的佛諾，在心裏問：是這樣的嗎？婁希要的並不真的是魔法神器，純粹是她想要的女婿。

佛諾看向他：「看來是如此。」

太子沉下臉，蜜涅瓦甩開他的手，一聲不響跑向森林深處。太子想追上前，但附寶的手下把他攔住。附寶故作溫婉，放輕聲音說：「你若是走出一步，她可能更危險。孰輕孰重，你應該心中有數。」

太子臉上充滿憤怒，止住了腳步。火火見狀，騎上佛諾的馬背，緊隨着她。刮面的北風無損火火的心志，他怕她會有事。在飛花絮雪中，他回想昔日孩提時代的兩人，在甘棗山的點點滴滴。對火火來説，這種感情，是非常複雜和深刻。

然而，他不肯定，這種感情和平常人所謂戀愛，有否差別。最少，蜜涅瓦提及太子之時，她眼中流露的光芒，是火火從未見過。

他在一個冰瀑布旁邊，找到了她。她蹲在雪地上，把臉埋在環抱着膝蓋的雙臂之中。「蜜涅瓦……」

她沒有抬起臉，只是在啜泣；火火示意佛諾離開，木訥地站在她跟前。

凝然不動的霧靄之中，兩個人靜默地相對。蜜涅瓦終於抬起淚痕披面的臉頰，上面爬着幾條壓在手臂上的紅痕。

「我們去吧。」她説。火火歪着頭：「是的，回去睡一覺便好。」

蜜涅瓦嗲嗦了一下鼻子：「我意思是，我們護送伊爾瑪利寧一起去波赫約拉冰雪城堡。快，伊爾瑪利寧已經準備好出發。」

火火想了一想：「本來不是只有我去嗎？」

蜜涅瓦眼中的淚珠，在眼眶打滾：「我想親口向那女人問清楚。」她的傷感無法消弭。

火火不懂回應，只好拉她站起身，兩人回去伊爾瑪利寧的鐵坊。火火想找佛諾同行，卻遍尋不見。伊爾瑪利寧小心翼翼把三寶磨放好，又帶上小量乾糧和水，找來一輛鹿車便和他們一起出發。

奧丁曾經告訴他們，在北陸傳說中，最北的波赫約拉，是一片「族群」多元的大地，人類與神祇、邪獸、精靈、妖精等。萬物都有生命，且有各自的語言，與各種超自然力量共存。

森林容易使人迷失方向、黑夜令人心生恐懼、結冰的湖面一不小心更是死亡陷阱。最可怕是邪獸，例如窮奇和饕餮，牠們愚蠢、笨拙而殘酷，躲在森林和地底。牠們帶來殺戮，帶來厄運，為來到這裏的人帶來日常中的各種不幸。

小耳鼠果然是識途老手，看是無路的山崖，暗藍色的城堡卻忽然在眾人面前出現。牠攞着小屁股逐級攀上結冰的階梯，毫不猶豫，帶着三個人來到冰封的大門。

小耳鼠爬上門邊的樹藤，掛在半空向着他們吱吱叫了幾聲。火火拉了一下樹藤，城堡內傳出嗚嗚的聲音，響徹內外。不久，大門自動打開，火火和蜜涅瓦膽戰心驚相視，在猶豫間，只見伊爾瑪利寧已經走進大殿。

「這不是你們三個凡人前來的地方，想來給我妻希殺死？」一把刺耳的聲音，在城堡內迴盪。伊爾瑪利寧鼓起勇氣大叫：「我來送上三寶磨，要娶你女兒。」一頃刻，尖銳的冰矛從屋頂如雨散下。火火顧不得去考慮其他事情，全身火燄氣息湧出來，求生的本能，讓他爆發出火環，將三個人包裹住，冰矛在空中化成一灘水。

婁希瞬間閃現在他們面前，眼中寒光極濃，手中冰矛狠狠加速發出。原本升騰的火燄，在拖延了一段時間之後，漸漸減弱。火火發現，自己體內的能量在一次使用下，竟然已經失去了一半。他記得，佛諾說過，神力是需要冷卻時間，他未夠實力，所以無法連續使用。

伊爾瑪利寧的眼中是又驚又怒，在婁希眼中，人類只是螻蟻。眼見火環愈來愈薄弱，他們危在旦夕，這時，一把清脆如風鈴的女聲，響徹大殿。「母后住手，他是來娶我的太子。」有一個女人在大殿的樓梯上出現。

只見銀色紗裙從樓梯飄逸而至，瑪麗雅達站在他們之間。

「他並不是太子。」婁希訕笑。「你要嫁的人，應該是太子，不是他。」

# 第十九章　火火

瑪麗雅達瞪着惶惑的眼睛，看向伊爾瑪利寧同樣是一頭霧水的臉龐。

所有人沉陷在這停頓的時間。

# 第二十章 太子

銀白雪山環抱，暗藍色的城堡變成了海藍色，在眾人面前呈現出浪漫的森林童話。在波赫約拉，有甚麼比潔白的大地、潔白的冰雪城堡，更能代表新婚夫婦純潔的感情呢？

附寶在房間內，替太子整理白色禮服上衣衣領：「我兒長大了，看你今天多麼好看。」太子內心有點厭煩，但沒有把她推開：「你可否告訴我一件事？」

他沒等她回告便說：「為甚麼魔族大祭師會替我說媒？魔族和我有甚麼關係？抑或……」他頓了一頓，用銳利的眼光看向她：「和你有關係？」

附寶收起溫柔的笑容：「我不知道你在說甚麼。」

太子想起從前險象環生之時被魔族眷顧；在壁土國時貓頭鷹對他的警告；甚至此行當他兵臨崖上，目睹饕餮忽然離開。這種種不尋常，令他極為不安。彷彿，他不是壁土國的太子，而是魔族王子。

「你怎可能不知道？否則，為甚麼大祭師替我說媒，而你又會來此？」

附寶沒趣地別轉身，看向窗外：「這到底有甚麼關係？你將來能否統領天下，這才最重要。」

太子沉色：「你意思是，為了爭天下，我們可以埋沒良心？」

附寶用冰冷的口吻說：「你父王登基五百年，到現在尚未打算退位。若你沒一番作為，他大可不把皇位交給你。莫說天下霸主，就連壁土國的皇位，你也沒着落。你，自己好好想一想。」

這時，有侍女來傳話：「婚禮很快要開始了。」

太子和附寶，一同走出大廳。大廳巨窗直達屋頂，通透明亮，吊飾晶瑩華麗，落地天窗彰顯高貴優雅氣質，偶有，陽光和煦的高空覆蓋在空闊的玻璃上。中央是冰做的大鼎，大鼎內放滿了冰粒，又灑上了嫣紅的玫瑰花。內有一個不大不小的紫色珠寶箱，它是瑪麗雅達的嫁妝箱，裏面全是珍貴寶石。只是，沒有人知道，具有龐大力量的奇龍彩石，正是混在其中。

滿場賓客來自四面八方，衣香鬢影。太子和附寶，站在鋪上了鹿皮地毯的樓梯下的最前一排。

在太子身後不遠處，是奧丁、火火和蜜涅瓦。奧丁壓下聲音說：「我意想不到，自己的人生中，可以在這樣冰天雪地的世界裏，去見識一場如此豪華冰雪婚禮。」「你可以的，你如今是溪水國名望最高的大將軍。若你娶妻，婚禮一定不遑多讓。」火火訕笑。

「你別笑我，若非你在這段時間，實施農務教化，開墾土地，各部族仍然顛簸流離。你才是我們的王；我這單眼漢子，憑甚麼娶妻？」奧丁指指自己上次在與饕餮決鬥時，盲了的左眼。

這時，太子別轉身，剛好看見他們。他的目光停駐在蜜涅瓦的臉上：不悲不喜，不慍不火，只有一種揮之不去的蒼白。彷彿，要在他的心，劃一道傷痕。

眾人向門外歡呼，新娘要進場了。花車是馴鹿拉的車子，停在點綴了很多蠟燭的大門前。新娘披着用白天鵝絨做的禮服和用魔法織成的雪花長裙襬，從車上拖到大門。她徐徐步入大殿，眾人分開，讓她慢慢走向冰雪做的大鼎。

婁希身穿一襲火紅長裙，乍現在樓梯上方。全場肅穆，畢竟，她是北方最厲害的女巫，人神魔獸統統忌她幾分。

婁希昂首，向樓梯下的賓客亮聲：「在你們心目中，我婁希可能是卑鄙小人。但我最講信用，以往娶我其他女兒的英雄，都是達到我要求才能贏得美人歸。要娶瑪麗雅達為妻，我說過此人必需用「手藝」，而非神力或魔法，去鑄造一個三寶磨。我心目中的三寶磨，是一個能磨出麥子、鹽和金錢的神磨。這個三寶磨的蓋子，是天穹的象徵，要有圍繞着世界的中心軸旋轉的星星。」

賓客當中有人問：「這是比以往更難的任務，果真有人做到？」婁希搖搖頭。

一眾起哄：「這太不公平了！管他是國皇還是神明，不該徇私！」

婁希再搖搖頭，向站在最前排的附寶說：「你看！這是群情洶湧……和我之前告訴你的果然一樣吧？」她霍然揮手，大夥兒立即噤若寒蟬。

「我搖頭的意思是，你們做不到，並不代表其他人做不到。」婁希回頭朝她身後一指：「為大家介紹我的新女婿：全北方最強鐵匠——伊爾瑪利寧！」

穿着銀鏤織錦的年輕男子，高舉手中的三寶磨，接受眾人艷羨目光。他把三寶磨交給身旁的婁希，頭也不回奔向在樓梯下方等待他的瑪麗雅達。兩人像久別重逢的情人，緊緊相擁。

太子看着他們，想起幾天前發生的事。

他知道自己母親的脾性，如果他堅決不來城堡，她可能會對蜜涅瓦不利。為了保護蜜涅瓦，他決定先順着母親的意思行事。

他來到城堡，比火火他們晚了一步。婁希知道了伊爾瑪利寧做出三寶磨，而且瑪麗雅達亦和他私訂終生。一心想女兒嫁太子的婁希，卻頃間改變了想法。在她見過附寶之後，她覺得這女人太深不可測。如果把女兒嫁作太子妃，恐怕引狼入室。

反而是瑪麗雅達，花了好些時間調整心理。她有過成為太子妃的幻想，有過離開雪地的希冀；但是，經過伊爾瑪利寧日以繼夜在她的冰雪花園外守候，她憶想起他對自己的真心。對女人來説，沒有甚麼比所愛的男人對自己一往情深更重要。

從一開始，她愛的人是這位鐵匠——瑪麗雅達是這樣告訴太子。附寶非常失望，但又勸不服妻希；只能留下來參加婚禮。

這段期間，太子受到母后監視。他想念蜜涅瓦，擔心她安危，但又不想過於忤逆母后旨意。畢竟，這位是他的親生母親。

純白的世界、嫣紅的喜悦、眾人的祝福。

伊爾瑪利寧把瑪麗雅達的嫁妝箱交給火火：「火火你護我周全來到這裏，沒有你，我娶不到瑪麗雅達這好妻子，請你收下。」

火火推卻：「這太貴重了！」瑪麗雅達在旁陪笑：「裏面都是女兒家喜歡的寶石，不如，讓他的好朋友挑一件？」她塞進了蜜涅瓦的手中。

正當蜜涅瓦不知所措，這時，在場內捧着食物盤的女侍，來到他們跟前。對方垂着臉問：「要不要甚麼吃的？有河魚有鹿肉。」她捧着幾個小木碗，裏面是色香味俱全的佳餚。

伊爾瑪利寧拉走了瑪麗雅達；蜜涅瓦一手攬着嫁妝箱，一手接過盛着河魚的木碗。她手足無措之際，佛諾正好在她面前。懂得讀心的他，順手接過她的食物。

# 第二十一章

## 火火

「真的沒方法救他？」蜜涅瓦淚流滿面，看向火火。

為甚麼全場偏偏只有他吃了有毒的師魚？在這裏長大的人都知道，師魚有致命劇毒，絕不能吃。面對這種事，火火醫術精湛，亦束手無策。

火火喃喃地說：「當日和佛諾一起深入叢林，佛諾的左肩中了一箭。我用神明所做的銅劍，亂衝亂撞殺出重圍，佛諾忍耐着血如泉湧的傷口，最終都能康復。但今次……」

在冰屋裏的每一個人，看着佛諾，奄奄一息。一切發生得太突然，沒有預警，甚至，沒有可能。

當佛諾倒地一刻，在場內捧着食物盤的女侍已經不知所終。現場除了他吃的那一口魚，其餘的魚都不是師魚，而是普通河魚。沒有人知道女侍是誰，看來是處心積慮要毒死他的人。

佛諾勉力張開眼睛，深深地看着火火。他知道自己油盡燈枯，集中最後力量，用讀心術告訴火火，只有他才聽到的遺言。

「我的師父——奇龍，臨死前用心良苦，將他的神力隱藏在彩石之中，飛到海角天涯，叫你到西方尋找。他的目的，是想你在羽翼已豐之時，才獲得不朽的力量。

「火火，我有一件事要告訴你。而這件事，相信你母親亦察覺得到。早前，在箔金國，太子所以能知道烈談迷宮的位置，是因為我和他早已串通，留下了線索讓他追蹤。坦白說，我覺得，他比你勇敢，更適合做天下之主。我甚至認為，他比你更應該得到奇龍彩石。

「如果，你想證明我是錯的，請你一定要做到：得到彩石，用不朽力量，消除世上的孽障。」

火火深深地看向佛諾，他記起母親臨終前叮囑他要小心佛諾。但，在記憶中更多，是他們出生入死的記憶。火火的淚水，不由自主湧出眼眶。

視野變得模糊，淚水和記憶交錯。霧化的影像，在眼前一幕幕重現。佛諾多次救他於危難，佛諾日以繼夜教他武術，佛諾在他孤獨時陪伴自己……

「佛諾！」蜜涅瓦高呼。「不！佛諾……」她的淒泣，為佛諾的生命寫上終章。

在火火面前的佛諾，如今已經閉上眼睛。他的面容仍然是那麼詳和，仍然是初見火火時的從容。

即使，他一直嫌火火不夠膽識，甚至後來覺得自己是被選錯的人；但火火由始至終沒有怨恨他。

他沒法想像，亦不想承認，自己從此失去了這位朋友。火火任由奧丁他們打點佛諾的葬禮，到落葬亦不肯見他的遺體。

因為事出突然，他們一大夥人，暫住在波赫約拉的城堡外不遠處的小村莊。

北國的日光，居然比任何地方所看見的，更慘白。火火獨自坐在冰屋之外，蜜涅瓦拿了一杯熱鹿奶給火火。

「他既無戀人，又無仇人，是誰殺了他？」蜜涅瓦坐在他旁邊，用手支着前額，非常苦惱。火火不發一言，陷入沉思。

蜜涅瓦拿出一個小布袋，她珍而重之把它放進火火的手裏：「我已經從嫁妝箱內拿出一件最貴重的東西，是這個。你千萬不要掉失，是很重要的東西……」她話未說完，被突如其來的人打斷。火火順手把它，放進口袋裏。

奧丁這時氣急敗壞跑來：「火火！他——他知道——佛諾最近曾經見過一個人。」他拉着一位縮在他身後的樵夫。

樵夫怯懦地說：「我記得當晚雷電交加，橫風橫雪。突然，一切都靜止，森林又平靜下來。我在接近天亮時，馬上到森林裏，這樣撿撿拾拾被風雪橫掃的樹枝甚至樹幹，比我拿斧頭逐寸逐寸砍伐簡單。」

當他來到森林，但見有兩個人在樹影下交談。他看見是馬腹，知道他一定是常常在火火身邊的佛諾。而在他對面，是一個和火火差不多大的年輕人。他們兩人在爭執，樵夫大概聽到佛諾說了這樣一句：「我不答應。」然後，佛諾頭也不回地離開。

奧丁帶走樵夫。樵夫經過蜜涅瓦身邊，把手裏一塊松果，送給她：「不要悲傷，它會給你安慰。」

蜜涅瓦謝過他。轉身，抬起臉問火火：「那個和你差不多年紀的人，可會是……」

火火臉上一陣白一陣青：「是太子殺他？」蜜涅瓦按下他的肩膀：「且慢，太子怎會有殺他的道理？他們根本沒有聯繫。」

火火沒有回答，臉上浮現難以解讀的複雜表情。

火火完全不理睬蜜涅瓦，這對昔日有説有笑的老朋友，中間彷彿多了一堵隱形的牆。她看着他：「坦白説，我覺得，自己慢慢不了解你了。我們，很遠。」她轉身離開。

火火瞪着她的背影，雙腳如被巨石壓上，完全沒有意慾追上去。他不是不想説，而是沒辦法説。他沒法證明太子想謀害他身邊的人；但的確，他們雙方都對彼此有着難以説清楚的厭惡。在有嫌疑的情況下，他不會覺得太子是清白。

在一棵獨樹下，他隱約看見騎着白馬的男子，站在那裏。一定是太子吧。有他照顧蜜涅瓦，他可以放心。

他目送她的背影漸行漸遠，目送和她之間的共鳴也漸漸消失。

他不明白為甚麼對自己重要的人，一個一個離開。分離，是成長必需要經歷？他很想念母親；他很想念佛諾。兩個人都是無聲無息消失，他現在應該怎麼辦？

剎那間，他記起佛諾曾經說過，如果想見死去的人，可以去世界之樹。對！至少他有地方可以去世界之樹，也許母親和佛諾的靈魂會知道，誰是兇手。

冷風颳起雪花，他把凍僵的手放進口袋，觸碰到剛才蜜涅瓦交給他的小布袋。他想起來，她千叮萬囑要放好。他打開布袋口的索繩，立時怔住。

袋口射出一彎彩光，半掛天上，像彩虹一樣。他緊緊地握住這塊發出彩色亮光的寶石，生怕它像前兩次那般飛走。

誰想到這顆落入別人嫁妝箱裏，而輾轉回到他手中的石頭，正是他日思夜想尋覓的奇龍彩石？

他用幼鐵條把它圍住，再用皮繩穿上，掛在頸項上。他向着彩石說：「佛諾走了，你留下來陪我吧，好嗎？」原本躁動的彩石，在瞬間平靜下來。

# 第二十二章 太子

愛一個人真有這麼辛苦嗎？他實在想不透。仰慕他的女人很多，而他卻獨戀她一人。

閃現於天際的彩虹，令經過此地的他，驀地看見了她。在彩虹下漸行漸近的，是太子期盼的人。在馬背上看着她一步一步走近，他的心撲通撲通地跳。

蜜涅瓦腮上微紅，抬起頭說：「很多天沒見面了，太子怎會在這裏？」從她知道是瑪麗雅達弄錯了伊爾瑪利寧的身份的那一刻，她已經原諒了太子。可是，緊接着的不幸，她忙着打點，亦沒有心情找他。

「我……擔心你。」太子把聲線放得很輕。

蜜涅瓦故意再問：「你說甚麼？」

太子拿她沒法，一躍下馬，站在她面前。兩個多小時前太子還信誓旦旦地想，等找到她時，非要把當日跑了的她，重重罵一頓再說。但是……

瞧瞧自己現在正在做些甚麼？

他看見她消瘦的臉，甚麼也沒說，把她擁在懷裏細心呵護，連句重一點的話也捨不得說出口：「我擔心你。」

蜜涅瓦把頭擱在他的胸膛，向着他的心臟說：「我想念你。」太子把她擁抱得更緊。

他們坐在白馬上，蒼白的大地看似安靜。他們看冷風中雪花飄在山巔，看雪花飄蕩。

太子用手圍着她的腰，在她身後說：「你看，雪花麻麻密密忙碌穿梭在你我身旁，編織了一張網，讓我愛上了你。」

蜜涅瓦微笑：「不可一世的太子殿下，居然會說這些？」

「連我也覺得奇怪。」太子搖搖頭：「在你面前，我好像不是自己。」

「有一件事要告訴你。」蜜涅瓦別轉臉：「你現在的處境，有點麻煩。」

太子正色：「你忽然一本正經的樣子，有點煞風景。」她眼裏有一點憂愁：「我擔心你。」

太子回復他驕傲的語氣：「我堂堂神族的壁土國太子，要怕誰？」

「奧丁和火火，知道了你曾經私下見佛諾。」蜜涅瓦說。

「所以呢？」

「懷疑你毒殺佛諾。」她壓低聲調。

「我和他說話，便有殺人動機；那麼火火知道他背叛自己，豈非更應該殺死他？」太子冷笑。

蜜涅瓦聽得一頭霧水。太子告訴她，上次在箔金國，自己是因為得到佛諾幫助，才會輕易找到前往烈燄迷宮的路。他和佛諾不但無仇，反而是同夥，為甚麼要殺死對方？

蜜涅瓦一早知道太子擅謀略，只是沒想到他連火火最信任的人也可以成功籠絡。

蜜涅瓦反問太子：「你剛才說，佛諾和你同夥。如此說來，如果他真的被殺害，背後的策劃者，會否是衝着你而來？」

正當她說着說着，忽然內心一陣震動。太子察覺她神色有異，問她是否想到甚麼？

蜜涅瓦有點失措地說：「現在處境有點麻煩的人，看來不是你，而是我！」

婚嫁當日，蜜涅瓦一手攬着嫁妝箱，一手接過盛着魚塊的木碗。她手足無措之際，佛諾正好在她面前。他是——順手接過她的食物。

換句話說，女侍預謀遞給蜜涅瓦的食物，才是有毒。女侍存心要殺的人，不是佛諾，而是她自己！

太子面色一沉：「誰要殺你？」

太子細心想想：的確，從一開始到現在，所有事情都是衝着蜜涅瓦而來。她被魔族捉了來北國，又被窮奇困住，到後來還要險被毒死。

「你的存在，是否威脅到某人？」他問蜜涅瓦。蜜涅瓦搖頭：「不知道。」

蜜涅瓦不停發抖，太子以為她被嚇壞了，握着她的手說：「我是太子，我不會讓人傷害你。」

她全身冒汗，太子這才看見自己掌心中這隻白皙的手，指甲開始發紫。蜜涅瓦漸漸無力，在他的懷中變得非常虛弱。

她中毒？太子腦中閃現這個念頭。為甚麼會如此？

他想起火火，每個人都知道早前和魔族交手，全靠他一個人把受傷的薩米人醫治好。如今，相信只有這位最好的神農能救他最心愛的女人。

他用單手抽馬頭，另一隻手護着蜜涅瓦，策馬在雪地奔馳，回去村莊。

「沒事的，蜜涅瓦，你堅持着。」他把她的身軀放前，靠在馬兒頸上，再脱下毛皮披風把她包裹在馬背上。

他一股腦兒跑入小村莊，在幾間冰屋外亂衝亂撞大叫：「火火！

「火火！」

有人從一間冰屋探頭出來，問：「太子找火火何事？」

「救命！快來救蜜涅瓦的命！」他抓住那人肩膀，用力搖晃。

對方搖頭：「你們遲了一步，他已經和奥丁一同出發去找世界之樹了。你快追上去，説不定，可以來得及攔截他！」他指着朝冰雪城堡方向的路。

太子一怔：「他在冰雪城堡？」他躍上馬背，消失於白馬蹄下的滾滾雪花。

# 第二十三章

## 火火

伊爾瑪利寧和瑪麗雅達，這天要離開冰雪城堡了。當他們收拾行李上鹿車，火火和奧丁正好來到城堡大門外。

伊爾瑪利寧看見是他們，非常高興：「我若非認識了你們，一定不能盡孝葬父，又娶得賢妻。」

火火提出請求：「可否請瑪麗雅達告訴我，前往世界之樹的方法？」站在伊爾瑪利寧身旁的瑪麗雅達臉上現出一點困窘，但她無法拒絕伊爾瑪利寧懇切的眼神。

「我只能告訴你通往世界之樹的路，我母親派了一隻邪獸守住世界之樹的入口，從未有人能在和牠對戰之後活命，你……要小心。」善良的瑪麗雅達，擔心火火一去不返。

火火握緊拳頭敲敲自己的胸膛：「我已經不是昔日的我，佛諾在我這裏。」

他和奧丁合掌躬身，謝別兩人。

世界之樹是一株巨木，它的枝幹構成了整個世界。

根據薩米爺爺所説，此樹上衍生有九個王國：米德加爾特是人類居住的世界；阿斯加特是神族國度，位在天上太陽與月亮中間，位於世界之樹最上層；海姆冥界是死亡之國，位於世界之樹最下層；尼福爾海姆是霧之國，是冰天雪地的國度，病死及老死者的歸宿；穆斯貝爾海姆是火之國；約頓海姆是巨人之國；亞爾夫海姆是白精靈的國度；斯瓦塔爾法海姆是黑暗精靈和侏儒的國度；華納海姆是海神族的居所。

薩米爺爺説過，只有慧心神和被應許的人，才可以接近世界之樹。五百年前曾經出現一個皇，名叫太昊，他統一了世界，善良又勇猛。在他死後，慧心神轉世到另一個人。這個人不會知道自己是慧心神，直至經歷多歷練，才能成事。薩米爺爺從他們兩個人身上，都感受到慧心神的靈性。

因此，奧丁和他一同來這裏，除了與火火並肩作戰，也想知道誰是薩米爺爺口中，那位真正的慧心神。

兩人跟隨指示，來到冰雪城堡最底層。當年雪皇為了保護世界之樹，在這裏建了一整座城堡。

五百年之後，天下四分五裂，冰雪城堡被棄置，法力高強的女巫婁希，把它據為己有。然而，世界之樹不允許女巫靠近，更不容凡人接近。她為了不容任何神魔侵擾世界之樹，用魔法把最兇猛的邪獸放在這裏守門。

北方大地上有兩頭這樣的邪獸，一雌一雄。一隻在野外，神出鬼沒；一隻在這裏成為困獸。

據說，他們在大雪谷看見的，是雄的。在這裏的，是雌性。牠們不能與對方見面——饕餮極其貪婪和兇殘，會殺害同類，吞食對方。

冰雪城堡最底層，冰層重疊，至寒至陰，很難想像，這地方能有生命，而且是一株巨樹。

火火指着濕潤的地面：「是暗河，這裏不是普通地洞，有可能是連接冰川。」

他們舉起火炬，緩緩走向山洞深處，一步一驚心，生怕在暗角，饕餮會忽然撲出來襲擊他們。

這時，他們聽到身後有腳步聲，奧丁拔出大槍轉身，正要一揮，被火火拉住。眼前不是別人，正是太子。

他抱着一個女人，似乎毫無知覺。火火看見她的身形，愣愣地看着他們。「蜜涅瓦？」

對方好像有一點反應，但立即又再次陷入昏迷。

「她發生甚麼事？」

「可能只有你能救她。」太子看向火火：「她看來似是中毒。」

火火說：「你把她放下，讓我看看。」他把火炬遞給奧丁。他蹲在地上，細心檢查蜜涅瓦的呼吸和心跳。

但見她面色蒼白，四肢發紫，呼吸微弱。

「一時間，我很難找到她中了甚麼毒。」火火從口袋拿出一個小盒，裏面有一堆綠色東西。

他把它捏碎，放進蜜涅瓦的嘴裏：「這是我在甘棗山上研製，能解大部份毒素，姑且一試。」

太子目不轉睛看着蜜涅瓦，她的臉頰逐漸浮現淡紅。他說：「火火，她是否好一點了？」

火火摸摸她的脈門，眉頭一鬆。「幸好你及時帶她來。」

「這是甚麼地方？」太子抬頭看向冰藍洞頂。

「這是世界之樹藏身之所，傳説，找到他可以看見死去的人。」火火腦海中出現女登的影像，他很想再見自己的母親。

「世界之樹？」太子揚眉：「我記得，教我讀書的金太傅説過，北方有一株樹，高達天際。我爺爺當年發現了這株神樹，並在它身上得到超強力量，所以才能統一天下。」

火火看見，太子的眼中閃出光芒。他是皇儲，自小便受優秀教育，志向遠大。他一個山野小孩，在乎的不過是花草農務，四時更替。佛諾覺得，火火不夠資格得到奇龍的力量，所以才會背叛自己。火火從太子的眼神中，得到啟迪：火火很想證明給天上的佛諾看，佛諾孰對孰錯，他是否真的不能擔大任。

奧丁推一推火火的肩膀：「你才是我們的領袖，世界之樹並非人人能靠近，所以，你才配得到力量。」

火火聽了，內心更加糾結。

就在這時，他們四人身後有些低沉的呼吸聲。火火在山林長大，單憑微弱聲響已經可以肯定這是一頭動物，而且體型龐大。「是……饕餮！」

火火馬上使眼色，叫大家掩護仍然昏迷的蜜涅瓦。說時遲那時快，凶光綻現，一隻巨獸外形如羊身，有人手、對稱的雙角、虎齒、虎肢、爪和尾，瞪眼看着三人。牠臉上浮現怒容，一抓向他們砸去。利爪未到，怒吼之下，嘴邊溢出的口水花已經噴向眾人。

# 第二十四章 太子

奧丁目光一閃，左手握緊大槍，一揮利刃，擋住了這襲來的巨爪。

饕餮用力壓下擋在牠爪下的奧丁，火火馬上用念力使出火燄。粗大火燄柱衝向饕餮，光芒一閃，饕餮全身撞擊在火燄柱上。轟隆——肉體炸開的聲音爆發而出，還有火燄撞擊下發出的轟隆聲，能量之間的碰撞，奧丁眼中充滿驚愕。

火燄褪去，火火現在還沒辦法將烈火和武功融合起來，可做到這一步，已經相當不錯了。火燄力量強大，就算是沒有直接命中，也能帶來一定傷害。

饕餮一陣怒吼，火燄沒能動牠分毫。反令饕餮提起戒備，身上發出一股膨脹起來的黑氣，令牠的傷口自動復元。饕餮眼中浮現着絲絲血氣，十分詭異。轉念間，火火沒有忘記繼續攻擊，他耗用全身力量，向牠猛烈攻擊。

火燄來得快，去得也快，在爆炸聲響徹後，火火發出的火燄柱，確實破開了對方身體外表一層脆弱的能量防禦。他拔出隨身的青銅劍，在劍刃上點燃火燄，與黑氣交鋒，雖然幾乎完全消磨了牠身上的黑氣，但火火本身的力量也嚴重受損。

黑氣不但具備攻擊性和防禦性，還能夠治療傷勢，一旦錯失時機，他們便會失敗。好不容易找到機會，不能讓饕餮緩過氣來。太子拔出祖傳的太昊劍，朝着饕餮後腦刺去，直接劈開了對方的腦袋。這絕對是最大的要害，一擊即中。為免牠以黑氣復元，火火用最後的一口氣，在劍刃上點起火燄，刺進牠後腦傷口，使其進一步灼爛，饕餮痛苦地瞪眼，當場斃命。

眼前的戰鬥，已經超過了太子的預料和見識。火火筋疲力竭跪在地上，太子此刻才發現，這位和他年紀相若，曾經是他看不起的小夥子，現在居然把神力控制得揮灑自如。

在北國這幾個月，火火到底經歷了何種鍛煉？抑或，是佛諾的死，令他成長？與其說是武術驟然提升，不如說，一種孤獨磨亮了心志，令他得到蛻變。太子在皇宮長大，他最清楚這種力量的爆發力，不容輕視。

在饕餮的屍體旁邊，奧丁累極癱在地上說：「想不到，太子也非同凡響，一劍殺了饕餮。」

太子收起太昊劍，重重呼氣。集武多年，剛才撿個便宜，看準時機只揮了一刀，他面不紅氣不喘，問火火：「你還好吧？」

蹲下來稍事休息的火火，點點頭，他向奧丁說：「我身體狀況明顯有了轉變。昔日，每每駕馭神力之後，幾乎累壞昏厥。如今只是感覺疲倦，並未大大影響體力。」

太子看一眼蜜涅瓦，猶豫地問火火和奧丁：「繼續前行？」奧丁搖頭：「有饕餮守着，前面一定是世界之樹，我等凡人，找到亦不能靠近。

你們兩個去吧，我留在這裏等蜜涅瓦甦醒。」

太子瞧藍洞的深處看一眼，又回頭望着蜜涅瓦。他不想拋下她一個人在此，但機會難逢，他很想探一探爺爺曾經得到力量的源頭。

「好，速去速回。」他立定主意，一手拉起火火。

火火站身，和他並肩走進晶瑩剔透的湛藍色冰洞。冰洞裏有霧氣騰騰的流水、層疊相接的冰層，令人恍若置身一個奇幻的夢。

「這彷彿是沒有盡頭的藍色冰隧道，圍繞我們都是水晶般的冰壁，波光粼粼。」火火四處張望，太子卻只是一直沿着蜿蜒的冰壁向前走。

來到一個巨大冰洞，他們看見洞內有一株巨樹。

「到了。」太子亮起眼睛。

在他們面前，是一株極其龐大的樹。明明是在寒氣逼人的地底，樹上居然長滿茂密綠葉，一看而知，它生機勃勃。

「這是白蠟樹，甘棗山上也有，冬季有黑色芽苞。每小枝生有羽狀小葉，葉片呈深綠色，秋季變黃。明明是落葉喬木，但這株居然極為耐寒。」火火走近樹幹。

太子憶起曾經讀過的古籍，說：「在神的樂園裏，白蠟樹會跟圓柏和柏樹一起栽種在荒原上，枝葉繁茂。這裏，是神的樂園。」他抬頭看向比天高的樹冠。

火火一向對花草樹木興趣甚濃，情不自禁伸手正要觸摸樹幹之際，「住手！」一把俏亮的聲音響起，在冰洞內迴盪。

他們探頭張望，只見一張漂亮的女臉，乍現在每一個冰壁上的藍氣泡裏，驟然間，他們兩人被鋪天蓋地的同一張臉龐包圍。

「你們不可以觸碰神樹。」

火火問：「你是誰？」光影在藍冰折射下，顯得很模糊，女臉若隱若現。

「我是世界之樹的守護神。」

「我來，是想見我死去的母親，可以嗎？」

「火火，你想跟我說甚麼？」浮在冰上的女臉，變得清晰。溫柔的眼波，白皙又沒有絲毫皺紋的臉蛋，和暖心的笑容。是女登！不是別人，正是火火的母親。

火火怔住，緩緩走向冰壁，指尖觸摸這麼近卻又那麼遠的影像。看見女登的樣貌，他激動起來，淚流滿面：「母親！母親！我很想念你。」

包圍着他的每一個藍冰泡，都是女登的面容。「火火，你想跟我說甚麼？」

「你被困在此地嗎？為甚麼不出來見我？」

「母親也想念你。火火，你不是有一塊彩石嗎？將它從你的頸項上脫下，我就可以重獲自由。」女登在冰裏說。

火火破涕為笑：「真的？好！」他動手拉開遮掩着掛着彩石皮繩的衣領。

「停手！」太子伸手按住他。

「你幹嗎阻止我？」火火憤懣地看向太子：「母親被困在冰內已經很久，要馬上救她出來，刻不容緩！」

太子用雙手重重握住他的肩膀：「不對，這當中有點古怪。我們進來太輕易了；你想見的人，亦太輕易給你看到了……」

火火沒有這種機心，他沒想到這方面的不尋常。他的手緊緊握住彩石，懸在半空。

正是猶豫之際，藍冰泡裏又出現另一個人。

# 第二十五章 火火

「火火，還有我。你母親和我都被困在冰裏，快點救我們出去。」是佛諾。

火火甩開太子，熱淚盈眶，凝視着藍冰泡裏這位儼如他師父的人。

「你們都是我最愛的人……」

他垂下眼睛，集中心念：「可惜這是假的！」他伸手推出燒得火紅的火焰球，擊向進入冰洞的洞口。

剎那間，婁希現身在漆黑之中，她的手按着自己的胸口。剛剛的火焰球，令她重傷。她面色發青，氣若游絲：「自從你們踏入北方的第一天，我一直從天空的星雲鏡中，觀察你們，對你們的一切，瞭如指掌。你怎會識穿我？」

「幸好太子提醒，我才想到是你施法，揑造幻象。世界之樹不容凡人和魔道者靠近，你如果要偷襲，必定盤踞洞口。」

「沒可能！你剛才明明相信你母親被困。」婁希憤憤不平。

「直至佛諾出現之前，我仍然相信是真的。可惜，你太心急了，反而令陰謀敗露。佛諾和我之間，如果是危急存亡的事，他會用讀心術告訴我。而且，他從來不會叫我救他。在他眼中，我只是個小子。」

「為甚麼？為甚麼你和太子可以靠近世界之樹，我卻不可以？」婁希怒吼：「都是那女人做的好事！被我發現她殺了人，為求不被揭發，居然教我搶走彩石，還偷走我一枚有毒的松果，交給她收買了的樵夫。她說用你最想念的人，一定可以搶走彩石。這樣，我才可以拿它加上你的性命，跟大祭師交換更珍貴的寶物。」

火火失笑：「如果你的目的是彩石，恐怕聽到我接下來說的事，會令你更生氣。這顆彩石飛來冰雪堡時，原本是落入你的手中，是你嫌它不起眼，才放進瑪麗雅達的嫁妝箱。」

婁希一聽，憤怒得氣血逆行，嘔出一灘血，濺落地面，化成冰上的玫瑰。她應聲倒下，雙眼反白。

太子一個箭步上前，問她：「你剛才說，那個和你一起謀劃的女人是誰？」

婁希翹起沾染了鮮血的嘴角，奸狡地笑着說：「何必明知故問？當然是太子你最親的——」她合上眼睛，身體瞬間化成灰燼，飄浮在空中，如煙如絮，沿着冰洞通道，飛揚到洞外。

太子心裏冒出更多問號，不發一言。火火抬頭看着眼前巨木，朗聲說：「世界之樹法力無邊，可否讓我再見我母親？」

巨木沒有回應，四壁突然轟隆隆的幾聲，接近出口的藍冰泡開始碎裂。

太子猛然抬頭，但見冰川開始崩塌，他拉着火火：「一定是你剛才的火燄球觸動冰層，別問了，快走。」

「可是……」火火捨不得離開。他深信，一定可以在此重遇母親。太子見冰塊開始掉下來，怕央及尚未回復意識的蜜涅瓦：「你不走，我走。我要回去救蜜涅瓦。」他頭也不回地走出去。

火火走近世界之樹，任憑身後天崩地裂，他着魔似的看着巨大的樹冠。「火火，你不怕嗎？」樹頂傳出聲音。

「我怕。」火火回答：「當我還是小孩子，在山上被遺棄之後，蓋亞女神發現了我。她教我的第一件事是：「只有懂得害怕的人，才會勇敢。」」

樹頂的聲音曳然而止。忽然，一個光環包圍着火火和世界之樹。即使外面的冰川崩塌，發出石破天驚的巨響，在光環之內，仍然安靜得有如深海有如幽谷有如無人之境。

火火頭頂忽然出現一位穿着湖水藍長裙的女人，身上薄紗徐徐飛舞，她的體型很輕，在空中浮游。

火火一眼就認出她是自己的母親。「火火，你做得很好。」女登揉揉他的頭髮。

「母親，你跟我回去吧。這麼多年，火火一個人，很寂寞。」他拉着女登的手。她的手，不暖不冷，不柔不硬。不像人類，亦不是鬼魂。

「我是神族，所以死後和人類亡靈不同，可以選擇投胎再到凡間，也可以履行天上的神祇責任。」女登微笑：「我選擇不回去了，便被派來照顧五百年沒人打理的世界之樹。你看，它又長出新芽了。」女登一臉高興。

「世界之樹比我還重要？」火火失望地看向她。

「傻孩子，我們都有自己的天命。世界之樹記錄和連繫九個世界，萬種生命，固然重要；但我的兒子，是我的命脈。嫁給你父親，唯一最令我感恩，是有了你。」

火火擁抱着她：「你不想知道是誰想把我們殺死？」女登搖頭：「人生是千百趟輪迴，我曾經想知道，現在不想知道了。」

火火搖頭：「不行，我一定要找出拆散我們的人。這人令我的童年，失去了母親。」

「火火，你有你在凡間的任務，雖然很難，但只要勇敢一點，你會做到的。薩米爺爺叫你慧心神，其實，他認錯了。真正的國王，是奧丁，不是你。不過，你這個年紀，已經接觸三個神的靈性，殊不簡單。在前兩次歷程，已經遇上象徵智力神的奇龍，他精力充沛、果決、有勇氣、有耐力、堅忍，並且能作出超越個人利益的決定；象徵感官神的金弓匪王，他能夠對生活，加上自己的遠見、有深刻理解與反省，增加技術性能力；而今次遇見象徵慧心神的奧丁，要正確連結國王能量，表現出正義。只要再見最後一個神，你就修成神的四個原型。」女登給他一個細小的葫蘆瓶：「我的神力是水，你如果日後遇險，需要見我，只要打開它，把甘露傾倒出來，我便會現身。但記得，只能用一次。」

「我身上火的神力，是否奇龍石給我？」火火看着她。

女登看着他：「奇龍彩石能幫你增強能量，但不能無中生有。每個神族後人，都有一種本領。你父母都是神族，你自然會有。」

「我的父親是誰？」火火抬起狐惑的眼神。

女登眼中有一絲遲疑：「火火，你不是一個人。你還有一個同父異母的弟弟，你好好和他相處吧。」

這時，火火頸上的彩石蠢蠢欲動，懸浮在他和女登之間，綻放出五彩光芒。

「火火，我們是時候分別了，你要繼續旅程，跟隨彩石，前往東方。不用想念我，因為我已經成為溪水國不滅之神，在天上眷顧你。好好帶着這小瓶，好好生活。」女登溫柔地看着火火。

光環頃間消失，火火環抱的手撲了一個空，懷中的母親幻化成雪花，旋轉升向樹冠。

剛才震盪的冰川頃刻停下來，冰洞頂裂開，冒一個缺口，一線陽光劃破凝動的空氣，金光包圍着世界之樹，它變得更有生機。

火火怔怔地看着手中的細小葫蘆瓶，喃喃自語：「我的弟弟？」

# 結尾

當火火走出冰洞，他看見奧丁和太子，扶着蜜涅瓦，在前方的雪原上，逃避隨後的一隻在陸上推進的木製巨鷹追擊。火火記得瑪麗雅達說過，這隻巨鷹其實是波赫約拉戰艦的原形。他們之間，是萬年寒潭。高達幾千尺的瀑布，從高山傾瀉而下，落盡寒潭之中，沒有結冰的潭水，比冰還要冷，一旦接觸，寒徹心扉，在片刻之間令人的肌腱盡死。

婁希的千人軍團，長期受操縱，不知道婁希已死，仍然賣命對付外來者。火火從手中憑空揑出一些火種碎片，將碎片撒在冰面上，唸唸有詞：「從寒潭底部，讓岩石在水中升起，將波赫約拉戰艦從山上升起。」

冰層裂開，借助洶湧巨浪，波赫約拉戰艦與千人軍團，在雪原前撞毀。

太子把蜜涅瓦扶上白馬，奧丁折返和火火會合。

奧丁看見火火平安無事，嘖嘖稱奇。得知他打算前往東方，他千方百計想把他留住。

「好兄弟，你在溪水國做我們的王，多好！」奧丁誠懇地說。

這時有兩隻烏鴉從世界之樹的冰洞中飛出來，牠們跟火火說：「我們是女登派來的，分別代表『思維』和『記憶』。我們，還給你帶來這樹枝……」

火火跟牠們說了幾句，便跟奧丁說：「這兩隻神鳥，從此會跟隨你。還有……」他接過神鳥帶來的樹枝：「這是世界之樹的樹枝，堅硬無比。你叫伊爾瑪利寧做一枝長槍，以此作槍柄，可供你騎馬使用或拋擲。你會令它變成百發百中的神槍，刺穿無法刺穿之盔甲。它是一把永恆之槍，不但能擊穿任何東西，隨後更會自動回到主人手中。」

奧丁看着火火：「這都是你母親留給你的，對嗎？」

「你在這裏土生土長，父親生前是族長，你年紀很小的時候，已經加入冬季獵人團，打獵最多，射箭最準，舞槍最狠，比我更適合做溪水國的王。」火火充滿信心地看着他。他幻想：獨眼的奧丁，頭戴寬邊帽，雙手持有武器，肩上分別站着兩隻烏鴉。他將會成為薩米族的領袖人物。

「這些，你都知道？」奧丁緊緊地擁抱一下火火，感動得無以復加。

在十里外的雪地上，太子環抱着剛剛復原的蜜涅瓦，兩人在白馬上奔馳。縱使他知道婁希口中說的人，正是他母親。但，他相信，母親不會害自己。最危險的地方才是最安全的地方，只要他護着蜜涅瓦……

「閉上你的眼睛。」蜜涅瓦搖搖頭。太子沒等她閉上眼睛，便親了吻她。太子這舉動，讓她整個臉燙熱起來。

他把白馬停駐在高崗上，四周只有白茫茫的雪地，是一種絕對寧靜，彷彿天地間只有他們兩人。

蜜涅瓦她低聲問：「你是甚麼意思？」

「叫你閉上眼睛的意思。」太子一臉挫敗，再浪漫唯美的氣氛，都教這不懂情調的女人給破壞了。

「我是問……為甚麼要閉上眼睛？」她原本想說為甚麼要吻我，但她可不敢這麼厚臉皮的說出口。

「你說呢？」他反問她，有些話講得太明就沒意思了。或許用行動來說明，會讓她更容易了解。

「我……」她的話尚未出口，已經被他的唇給覆住，而微張的嘴巴，更是讓他的舌有機可乘的順勢滑進她嘴中，並且迅速地找尋到她的舌與她交纏在一起。

有了上一次太子挑戰之吻，蜜涅瓦已沒有上次那麼生澀，在心中一番些微掙扎後，很快便被他激情的吻給帶動，開始回應他。她雖然還分辨不出他的吻帶着甚麼樣的動機，但她的身體還是很本能的有了反應。

太子的手輕撫着她的雙肩，隨着愈來愈熱烈的吻，他的手順勢往下探索，來到她的胸前。他感覺到她猛地抽了口氣，但仍回應着他的動作。

此時的他很想將理智拋諸腦後，但心裏卻被一個念頭佔據——好好愛她。他停止雙手的貪婪，把她緊緊地擁入懷中。

「我們回去壁土國玉城池的皇宮，我再不可以失去你了。你……願意嫁給我嗎？」

蜜涅瓦抬起如星閃亮燦的眼神，甜蜜地微笑。

（第三冊完）

www.cosmosbooks.com.hk

書　　名　覺醒世紀3：翼光下的魔法樹
作　　者　金　鈴
編　　輯　王穎嫻
封面設計　郭志民
美術編輯　楊曉林
出　　版　天地圖書有限公司
香港黃竹坑道46號
新興工業大廈11樓（總寫字樓）
電話：2528 3671　傳真：2865 2609
香港灣仔莊士敦道30號地庫/ 1樓（門市部）
電話：2865 0708　傳真：2861 1541
印　　刷　亨泰印刷有限公司
柴灣利眾街27號德景工業大廈10字樓
電話：2896 3687　傳真：2558 1902
發　　行　香港聯合書刊物流有限公司
香港新界大埔汀麗路36號中華商務印刷大廈3字樓
電話：2150 2100　傳真：2407 3062
出版日期　2020年7月 / 初版・香港


ISBN 978-988-8548-92-7